絶禁嚙級

永續圖書線上購物網
讀品文化事業有限公司
WWW.foreverbooks.com.tw
yungjiuh@ms45.hinet.net

鬼物語系列 05

絕禁嗃殺

作　　者　夏懸
出 版 者　讀品文化事業有限公司
執行編輯　吳浚璇
美術編輯　姚恩涵

總 經 銷　永續圖書有限公司
TEL／(02)86473663
FAX／(02)86473660
劃撥帳號　18669219
地　　址　22103　新北市汐止區大同路三段 194 號 9 樓之 1
TEL／(02)86473663
FAX／(02)86473660
出 版 日　2015年06月

法律顧問　方圓法律事務所　涂成樞律師
CVS代理　美璟文化有限公司
TEL／(02)27239968
FAX／(02)27239668

國家圖書館出版品預行編目資料

絕禁嗃殺 / 夏懸著. -- 初版. -- 新北市：
讀品文化, 民104.06　面；　公分. --
(鬼物語；5)
ISBN 978-986-453-000-7(平裝)

859.6　　104006804

目錄

序章 05
弒親前夜 13
詭夜詭妹 41
天眼覺醒 83
噬童煉獄 131
殺戮都市 167

序章

清晨，窗外傳來清脆的鳥鳴聲，橘白色的晨光透過窗簾的縫隙映入室內。

鐘欣惠望著落地鏡，小心翼翼地扣好制服的鈕扣，將過肩的長髮分成兩條麻花辮擺至雙肩前方；由於有著蓋過眉毛的瀏海，她看起來就像朵羞澀的小花。

接著，她抽出了一把水果刀。

「咻咻！」

在鏡前做了兩下突刺的動作，並用嘴巴發出氣音表現利器劃破空氣的聲音。

感覺還不夠快，再試一次吧！畢竟這次對方可是男生呢！

「咻咻咻！」

在鏡前做了三下突刺的動作，儘管已經看不清鏡中反射的刀光劍影，但她還是覺得不夠快，很不滿意。

不過……其實只要有刺中就好了吧？

人的身體只要被異物刺入，就會變得慌慌張張，甚至連話都說不出來，只會用惶恐的眼神望著你瞧。

母親昨晚就是這樣告訴她的。

所以是不是自己想太多了呢？就算對方是體育很好的男生，只要第一刀有成功，腦子應該也會變得一片空白吧？

但凡事都有個萬一，如果對方突然反擊，自己也得要有個備用計畫才行。

而備用計畫，就是再多補幾刀。

「咻咻！」

再度對鏡前做出突刺的動作，忽然覺得手臂有點痠，鐘欣惠暫時休息了一下。

對了！如果怕對方反擊，那一刀刺入要害不就好了？

不，就是因為不能保證一刀斃命，所以今天才會特地早起練習啊！

但現實跟幻想是有差距的，在這裡瞎練好像也沒什麼幫助。

還是拿母親來練習好了。

鐘欣惠走到客廳，見母親坐在沙發上，便微笑對她說：「抱歉，媽媽，我又來了。」

母親沒有回應，只是靜靜地望著她。

黯淡無光的雙眸，讓鐘欣惠想起洋娃娃的眼珠也是如此深邃。

她身子向前傾，伸出雙手將母親衣服上的皺褶拉好。

「昨天晚上把妳弄得亂糟糟的，真的很對不起，不過我也是逼不得已，妳應該會原諒我吧？」鐘欣惠的嗓音聽起來有些哀愁。母親仍舊沒有回應，在客廳迴盪的只有時鐘運轉的滴答聲而已。

「不過，讓我練習一下應該沒關係吧？反正……妳再也感不到疼了呢！」

語畢，她將水果刀的刀尖對準了母親。

＊＊

過去，影響未來。

未來的所見所得，都是由過去的所作所為建構出來的。

就像現在，當林青祥的腹部被水果刀刺穿的那一刻，他就明白，自己是因為過去在班上帶頭欺負眼前的鐘欣惠，甚至還仗著這股勢力侵犯了她，所以現在才會使自己潔白的制服染上血紅。

在接下來的四秒鐘，他又連續身中十一刀，最後一刀直攻心臟，當場斃命。

當鐘欣惠將水果刀抽出來後，林青祥左胸裡的血就像噴泉般噴得鐘欣惠滿身腥紅，很快，同學們的尖叫聲響徹了整間教室，沒有人敢相信，平時溫馴懦弱，就連遭羞辱時都不曾反抗過的鐘欣惠，竟然會做出如此殘忍的事情出來。

所有的人都臉色發白，呆望著倒在血泊中動也不動的林青祥，教室的氛圍像冰庫般降至最低點，只有鐘欣惠一人神色自若，她以手指輕輕捲起麻花辮的髮梢說：「在這個世界，一切事物都是環環相扣的，人所做的一切行為皆會在這世上產生漣漪，並且逐漸改變這個世界的樣貌。所以，一個人想要斬斷她的過去是不可能的，畢竟無因即無果，無果即虛無，既然凡事必有因，那又怎麼可能僅以『果』的身份存在於世上呢？妳說是吧？以芳姊。」

「什麼！」

張以芳倏然從桌上驚醒，接著才從四周的檔案櫃，意識到自己身處在教會的檔案室內。

看來是整理資料的時候，不小心睡著了。

張以芳捏起眉頭，許久不曾憶起的痛苦，在剛剛又以夢的形式回來拜訪她。她覺得胸口有些悶，貌似有某種負面能量正在那快速凝聚。

先去洗把臉吧！

她站起身，忍住想哭的衝動來到化妝室。

將冰涼的水輕拍在自己的臉頰上，精神瞬間恢復了不少，悲傷感也被冷水淡化，但心裡仍殘存一絲惆悵。

看著鏡中的自己，及肩的長髮盤捲在後腦杓上，雪白的臉搭上一雙毫無生氣的鳳眼，這副外貌，就連自己都覺得冷酷，也因為這樣，一直被友人說不適合當社工。因為外人肯定會認為她如她的外貌一樣難以接近，就跟當初她們剛認識她一樣。

不過她們說的也沒有錯，自己是缺乏熱情的，應該說曾擁有過熱情，但卻因現實的殘酷而被澆熄。兩年前的事件就是血淋淋的例子，直到今日，張以芳還是很懊悔自己對鍾欣惠所做的一切，那事件成了自身永遠不堪回首的夢魘。

對不起……

當時沒能救妳，真的很……

「好不容易把妳給拉回來，妳別再自己陷進去了。」

熟悉的聲音從背後傳來，張以芳回過頭，就見化妝室外站著一名中年男子，他頭髮及肩，下巴滿是鬍渣，看起來有些頹廢。但其實他是這座教會的牧師，姓利名嘉，他追求內在的昇華，所以對外表沒有太多照顧。

「抱歉，利牧師，我太軟弱了……」張以芳拿起一旁的紙巾，擦拭臉上的水珠。

利牧師伸手拍拍她的手臂說：「不要想太多，妳只要記得妳還有我們這些夥伴就好，妳不是一個人，知道嗎？」

「嗯，謝謝。」

「對了，妳可以幫我找一下九十六年的檔案嗎?我忘記放到哪裡去了。」

「好。」

張以芳帶著利牧師進去檔案室，朝右邊的檔案櫃走去。

「我記得是在這裡……找到了!」

張以芳從中抽出一份綠色的資料夾，那份資料夾封面貼著一個小標籤：「民國九十六年除靈紀錄」。

利牧師接過檔案夾，笑道：「謝謝，每次都是妳在幫我找呢!」

「你客氣了，不過為什麼需要那一年的檔案?」

「因為這次的案件又是跟鏡靈有關。」

利牧師說，案主她在自家上廁所的時候，聽到鏡子裡傳來敲擊的聲響，由於廁所的馬桶和鏡子都在同一側，所以當她側身轉頭過去，便赫見一隻慘白的手在鏡中揮舞!她當場嚇得屁滾尿流，還發誓永遠不會再去那間廁所，不過隨著時間流逝，這種敲鏡現象已不限於那間廁所，只要是有鏡子的地方，就會有敲鏡聲出現。在九十六年時也曾有人發生過類似的情況，所以我想參考當時的解決方案。

「原來如此，事態肯定變得更加嚴重了吧？不然那邊的教會不會要你跨區協助。」

「是啊！案主現在已經崩潰到，只要看到鏡子或是窗戶，就會情緒失控將其砸碎，這很明顯已經影響到日常生活了。加上我還欠那邊教會的陳牧師一個人情，不去幫忙可不行啊！」利牧師說到這，看了下手錶後便闔上檔案夾。「那就先這樣，搭車時間快到了，妳也差不多要準備今晚的青年之夜對吧？」

「是啊！薇安說她這次還會帶她們班的同學來呢！」

張以芳口中的薇安，是利牧師的女兒，為人熱心善良，常幫忙教會在學校傳播福音。

「是嗎？真不錯啊！那順便幫我跟她說一下，我明天才會回來。」

「好的，願上帝與你同在。」

「妳也是。」

利牧師說完後，快步離開檔案室。

第一章

弑親前夜

妹妹

桐屋鄉教會在每週三晚上八點都會舉辦青年之夜，都是由張以芳女士主持，讓教會的青少年分享當週際遇的活動。像是生活上遇到的趣事，還是閱讀聖經時受到什麼啟發，都能夠在這分享，如果是課業還是感情上的煩惱，也都能在這向大家傾訴。

這次的青年之夜共有十二人參加，其中一位名叫潘振霆的少年是新來的，他因多次在學校午休時間遭惡夢驚醒，因此被同班的利薇安給強行帶了過來。

張以芳初次見到潘振霆就感到有些不協調，應該是留著俏麗短髮、有雙水汪大眼的利薇安看起來就已經很纖瘦了。但在她身旁的潘振霆卻比她還要削瘦，而且他眼窩深陷，面無血色，看來他近日睡眠品質不是很好，很可能是心事重重導致夜夜難眠。

當利薇安帶潘振霆到講台前時，張以芳就握起潘振霆的手說：「潘振霆同學你好，首先我替教會歡迎你的到來，無論你是不是基督徒，主和我們都永遠與你同在。」

語畢，氣色不佳的潘振霆總算露出一絲微笑。

盤起長髮的張以芳雖看似冰山美人，但一開口就讓人感到滿滿的熱情，其他在座的少年們，也都以熱烈的掌聲歡迎振霆的到來。

利薇安帶潘振霆走到講台上，將麥克風遞給他。「振霆，我知道你剛從外縣市搬來，所以還不是很習慣這裡，不過如果你有什麼煩惱或疑問，都可以跟我們說喔！只要是我們能做到的，我們一定都會盡力去幫你的。」

「是啊！」台下的張以芳接著說：「聽說你不僅白天會做惡夢，晚上也常遭惡夢所苦，是不是心事太多了呢？來，有什麼煩惱盡管說出來吧！」

「謝謝！教會的大家都很親切呢！」振霆笑著環視大家。

「你就把我們當成朋友，放輕鬆說吧！」張以芳說。

「好，那我就直說了，因種種原因，我想殺了我的妹妹。」

突如其來迸出這麼一段話，教會氣氛瞬息凝重，一片寂靜下，大家只瞪大雙眼望著台上的少年。

半晌，利薇安露出苦笑：「呃……振霆，你的意思是說，你很生你妹妹的氣嗎？」

「嗯，氣到很想直接把她丟到碎肉機裡絞成一團一團的肉屑！」

看著振霆用如面具般的笑容回答，利薇安一時之間不曉得該回應什麼，而輔導過許多問題家庭的張以芳知道振霆不是在開玩笑，於是提高警覺並問道：「你說你想殺了你的妹妹，是因為她做了什麼讓你無法忍受的事嗎？」

「不，並不是她做了什麼事，而是她本身的存在就讓我很不爽。」

「所以你是認為你妹妹很礙眼嘍？嗯……」張以芳撫著下巴問道：「振霆，你能不能先簡單介紹一下你妹妹呢？這樣我們才比較好深入瞭解你和她的問題在哪裡。」

此時，坐在張以芳身後的少年在她耳邊輕聲說：「以芳姊，妳是認真的嗎？像這種妄想殺親人的混蛋直接報警處理就好了，根本沒有必要和他繼續說下去吧？」

張以芳小小聲地回答：「有些事不是報警就能解決的，我想先瞭解他的問題。」

振霆遵循張以芳的要求，介紹起自己的妹妹。

「我的妹妹叫潘欣琳，今年十三歲，人很聰明，考試都拿第一名，而且很懂事，從小就會幫媽媽做家事。還有她個性活撥外向，長得又可愛，所以人緣很好，簡單來說，就是位才貌雙全又出類拔萃的女孩。」

「聽你這麼說，你妹妹給人感覺還不賴啊！」張以芳說。

「是啊！但是身為哥哥的我，課業差，體力差，脾氣差，什麼都差，所以妳應該知道發生什麼事了吧？」

「你的父母比較愛你妹妹，對吧？」

振霆用力點頭：「不愧是大人，一下就知道答案，沒錯！我的父母非常愛欣琳，無論她想要什麼，他們都會買給她。至於我，在他們眼中大概就像陀屎，連跟親戚聊天時也都不會談到我，好像我爛得讓他們無法啟齒一樣。因此我才會看欣琳很不爽，要是沒有她的話，就算我在怎麼擺爛，父母還是會愛著我的，因為只有我一個孩子，所以也只能愛我啦！」

振霆說完這一席話後，台下的少年們頻頻搖頭，一旁的利薇安也不敢相信振霆居然會有如此扭曲的想法。

「所以你是因為父母較偏愛你的妹妹，才會讓你想殺了她嗎？」張以芳問。

「是的，不過其實沒那麼簡單啦！老實講，以前我雖然很討厭欣琳，但還不至於到想殺死她的地步，更何況，她去年才剛遭到報應呢！」

「報應？」

「是啊！在去年聖誕節的時候，她被我的鄰居給強暴了呢！」振霆說到這，還噗嗤地笑了一聲，台下少年聽聞，終於耐不住性子，紛紛站起身吼道：「你是在笑什麼啦？哥哥是這樣當的嗎？」

「對啊！哪有人自己妹妹被強暴還在笑的？」

「有這麼冷血的哥哥，我真替你妹感到悲哀啊！」

「你們通通都給我閉嘴！」振霆大聲咆哮，麥克風尖銳的噪音在教會中迴盪。

振霆的臉被怒火染得潮紅，他指著台下的少年們說：「你們這些沒有妹妹的人是懂個屁？」

一名身材肥胖的少年跳出來大吼：「我有妹妹！而且跟你妹一樣也是品學兼優的萬人迷，但我才不會因為那愚蠢的原因就想殺了她呢！」

振霆看著手錶說：「喂！現在才八點零五分，你這妹控肥宅做夢會不會太早了點？」

「你……你是在暗諷我沒有妹妹嗎？還罵我是肥宅？你死定了！」

眼見教會快上演全武行，利薇安趕緊介入勸道：「好了啦！你們冷靜一點！」

張以芳也拍拍肥少年的肩膀說：「別生氣、別生氣，讓我來吧！」

那位身材肥胖的少年「哼」的一聲，心不甘情不願地坐回自己的座位。

張以芳板著臉說：「潘振霆，雖然我剛剛說你可以放輕鬆談，但輕鬆不等於隨便，而且這裡是教會，是一個神聖的場所，所以請好好注意你的用詞，而我也會管好這些孩子，就讓我們互相尊重，可以嗎？」

振霆抓著後腦勺說：「抱歉，剛剛我太激動了，關於用詞的部分，我之後會注意的。」

「那就回歸正題，你剛說父母偏愛你妹妹，並非是促使你想殺死妹妹的原因對吧？」

「是的……啊！真不好意思，我的陳述是不是太沒頭沒尾了？」

張以芳點頭說：「的確是有點混亂沒錯，如果可以的話，能不能請你從頭開始說起？」

「好，那我就從欣琳被性侵的前一天開始說吧！我也是從那之後開始，才逐漸對她產生了殺意……」

十二月二十四日

當急促的腳步聲越來越近，振霆瞳孔放大，一股寒意湧上心頭。

他知道他待會兒就要倒大楣了！

連電腦螢幕都還來不及關，房門「砰」的一聲，一位身穿西裝的中年男子撞進振霆的房裡，振霆一見到他，可能是過於驚慌，居然不小心脫口：「你不是說要到下個月才會回來？」

滿臉通紅的男子沒有理會他的問題，轉頭看向電腦。螢幕中，一位虛擬的3D美少女角色正不斷被異形的觸手攻擊，代表傷害數值的紅色四位數不停從角色身上跳出，在振霆眼裡這可說是慘不忍睹的畫面。

「又在打電動？」

「不是！爸爸，你聽我說……」

「閉嘴！」

父親將振霆從椅子上推落，振霆摔得四腳朝天，父親不管他的哀號，破口大罵：「如果跟你說那麼多次都沒有用，那我不如直接讓它消失！」

振霆聽聞，趕緊從地上起身，但已經來不及了，父親右手往電腦桌奮力一掃，整台螢幕立刻飛出電腦桌，撞到牆上爆出大量的黑色碎屑，振霆抱起父親，想阻止父親的抓狂行徑，父親卻拿起鍵盤直接賞他一巴掌。

「都已經國三了，整天只會玩電腦！整天就只會玩電腦！」父親邊吼，邊用鍵盤打他，鍵盤的按鍵被砸得滿天飛舞，最後甚至還斷成兩截。

看樣子，父親這次是真的氣炸了。

當父親將電腦主機砸到地上時，振霆的內心除了驚恐外，還充斥著滿滿的懊悔。

可惡……如果三十分鐘前，母親叫他下樓吃飯時有乖乖聽話的話，那事情就不會演變成這樣了……

不，即使那時沒有下樓，十分鐘前，欣琳也有在房門外叫他，但那時他還是只顧玩。如果他有在那時出房間的話，那麼就不會被突然回家的父親撞見他在玩電腦了。

「你給我過來！」父親一把抓起振霆的肩膀，其力道之大讓振霆疼得無法反抗。

父親硬生生將振霆拉下樓梯，到達一樓後，振霆見母親在廚房裡低頭洗著碗盤。接著，兩人來到客廳，坐在沙發上吃飯的欣琳見到他們，關掉電視，拿著碗匆忙地溜走了。

父親將振霆帶到玄關，讓他面向客廳內部。

「在這跪！在我明天出門以前，你都不准起來，聽到沒有？」

振霆抱著頻頻發抖的身子點頭。父親轉身望見欣琳，就對她咆哮：「吃完飯就快點去練琴，別像妳哥一樣整天只會混！」

嚇著的妹妹喊了聲「好」，然後一溜煙地從廚房旁的樓梯奔上二樓。

在洗碗的母親此時轉過身來與父親攀談，但由於聲音很小，所以振霆聽不清楚他們在說些什麼，只知道他們在說話時，還不停搖頭嘆氣，振霆看到這，眼眶不禁紅了起來。

從以前開始，每當振霆做錯事被責罵後，父母兩人永遠都只會對他哀聲嘆息，好像無論他做什麼，就只會讓他們失望似的，想到這裡，鼻子一酸，斗大的淚水奪眶而出。

在玄關也不曉得啜泣了多久，等到振霆回過神來，客廳的燈早已熄滅，現在的他身處在幽暗之中，而且玄關也不像房裡有暖氣，所以雖然今夜是平安夜，但振霆的心中卻一點都不平安。身上只穿一件棉質長袖上衣的他，在連十度都不到的低溫下顫抖不已，天生就不好的鼻子更是源源不絕地流著鼻水。

不過既然父親已經睡了，那他應該可以偷偷溜進客廳，躲進沙發上的毛毯裡取暖一下吧？

可是如果父親半夜起床檢查，那不就完蛋了嗎？

不……在凍到骨頭都會發疼的寒冬中，振霆已經無法再忍下去了，就算只有十分鐘也好，他現在滿腦子只想躲進毛毯中取暖。

於是他悄悄起身，發麻的雙腿讓他走起路來搖搖欲墜，不過他還是咬緊牙關，在黑暗中朝　記憶中的方向走去，很快，他摸到右手邊下方有柔軟的觸感，於是立刻躍上沙發，並將上頭的毛毯蓋在自己身上。

啊！總算是舒服多了！

雖然沒有說很暖和，但能夠阻隔外頭的寒氣就已經很不錯了。

突然眼前白光乍現，客廳的燈被打開了！振霆嚇得差點從沙發上摔下。

這下死定了……

要是被父親見到他現在這模樣，不被轟出家門才有鬼！

振霆望著樓梯，內心戰戰兢兢，心臟撲通撲通跳得很大聲，不過下來樓梯的並非是他想像中額頭冒青筋的父親，而是一位留著黑色長直髮，體態嬌弱的女孩。

原來是欣琳！

在她來到客廳後，振霆兩眼發直地問：「妳下來幹嘛？」

身穿粉紅色睡衣的欣琳，在振霆面前捧起暖暖包。「很冷吧？這個給你。」

一個小小的舉動，在寒冬之中卻是令人溫暖的感動，不過這份感動沒有持續多久，振霆情緒遽變，狠狠拍落欣琳手上的暖暖包。

「我不要！妳給我滾！」振霆壓低嗓音吼道。

欣琳聽聞，稚氣的小臉上滿是不解，不過比起她，振霆更不理解自己為何會這樣，但他還是指　樓梯說：「快滾啊！要不然我就大叫，讓爸爸看妳半夜不睡覺還跑來這邊混！」

說完，欣琳趕緊撿起地上的暖暖包，然後用力塞進振霆的手裡。

「喂！妳……」

還來不及責罵她，欣琳就已經奔上樓了，而她的步伐輕盈到像貓一樣，所以完全沒發出半點聲響。

振霆見她上樓後，就將熱騰騰的暖暖包往牆上扔去。

「可惡！也不想想看，我會變成這樣還不都是因為妳……」

說出這句話時，振霆總算明白自己為何會生氣的原因。

嫉妒。

自從他懂事以來，父母就比較關愛欣琳，因為欣琳人長得可愛，腦筋又好，學校考試都拿第一名，在小提琴上也頗有天分，比賽屢獲佳績。反觀振霆自己，好吃懶做又一無所長，所以只能藉由在虛擬遊戲中不斷升級來獲得現實缺乏的成就感。

「可惡！」

振霆緊握雙拳，狠瞪著樓梯口默想，這個家要是沒有妳的話，那就算我再怎麼差勁，父母也還是會愛我的。但就是因為妳的存在，才會害得我落得這般田地！而妳這不知錯的傢伙居然還敢來同情我？

振霆越想心中的火就燒得越旺，內心充斥憎恨的他，甚至還開始在內心詛咒欣琳，希望她哪天能夠天外飛來橫禍，不得好死！

然而，在他咒罵完後，隔天，欣琳身上便真的發生悲劇。

十二月二十五日

當振霆在床上醒來後，時間已經是傍晚了，畢竟昨天在玄關跪了一整晚，白天回房睡覺後自然一下就睡死了，而且昨晚也沒吃晚餐，所以肚子還餓得咕嚕咕嚕叫。

下來一樓，他就見欣琳正在客廳看電視，轉頭看向廚房，卻不見母親做菜的身影。

「媽呢？」振霆冷冷問道。

「她去支援餐廳了。」

「支援？」

「嗯，她說有員工請假，店內人力不足，必須去幫忙一下。」

「喔！」振霆點點頭，想起今天是聖誕節，所以母親經營的餐廳肯定人滿為患，不過既然她不在家，那他不就沒東西可以吃了嗎？

就在他這麼想時，欣琳便對他說：「冰箱有昨晚吃剩的麵，你要吃的話我可以幫你加熱。」

「不用了啦！」

該死，不過就是加熱而已，不需要妳雞婆！

振霆打開冰箱，見裡頭有盤被保鮮膜包覆的義大利麵，看上頭的紅色醬汁應該是茄汁。將其放入微波爐後，振霆赫然驚覺這是他首次使用微波爐，所以根本不曉得該如何設定。雖然可以拜託欣琳，不過這麼做會讓他覺得很沒面子，於是他東按按西按按，使微波爐按鍵的電子音接二連三地響了起來。

「真的不用我幫忙嗎？」

耳邊傳來欣琳的咕噥，振霆嚇得回頭說：「就說不用了！回去看妳的電視啦！」語畢，欣琳沒多說什麼，默默走回了客廳。

她是哪時候跑來的啊？真是的，走路無聲無息，上輩子難道是貓不成？

而在進行多次微波，見義大利麵覆蓋的保鮮膜總算布滿蒸氣的水珠後，振霆開心地想這種小事果然自己也能做到。接著，他端出義大利麵坐到欣琳身旁，不過看電視節目居然是在介紹動物習性的紀錄片，振霆就在內心罵：「國一生是在看什麼知識頻道啦？這年紀不是該看一堆娘炮主演的偶像劇嗎？真是不像話！」

「要幫你轉動漫台嗎？」欣琳問。

「妳……」振霆突然氣得說不出話，因為他覺得欣琳看他一來就說要轉台，好像是瞧不起他看不懂知識頻道一樣。

振霆惱羞成怒，開始狼吞虎嚥吃起義大利麵，結果不到幾秒，他就發現麵裡頭竟然是冰的！

難道沒有微波好嗎？可惡！搞什麼啊？為什麼我連這種事都做不好？

就在這時，門鈴響了。

「我去開門。」

欣琳才剛起身，振霆就抓住她的手臂吼道：「妳現在是把我當笨蛋嗎？什麼事都搶　做！」

「我……我沒有啊……」

「那妳就給我乖乖坐好！」

「好……」欣琳一臉無辜地說。

**

「等一下！」身材肥胖的少年突然插話，硬是將振霆從去年的聖誕節拉回了現實。

「就快到精采的地方了耶！有什麼事嗎？」被中途打斷的振霆不滿地問。

「你這傢伙，你妹妹只不過是比較體貼一點，你就嫌她煩？」

「誰叫她老把我當傻子看待！」

「是你自己想太多好嗎？還有你本來就是個傻子，居然連微波爐都不會用。」

振霆瞬間衝下講台，一把抓起那位少年的衣領大吼：「你他馬的！現在是怎樣？我在台上講得好好的，你是在嗆什麼？」

「夠了！」張以芳大聲喝斥：「潘振霆，有話好說，別像原始人一樣只會動粗。」

「那妳管好他啊！」振霆指著胖少年喊：「我話說到一半被打斷，然後還被嗆，說好的互相尊重呢？」

張以芳轉頭對胖少年說：「你如果覺得聽不下去，可以先回去沒關係，但請尊重潘同學，畢竟現在是他的傾訴時間。」

「什麼傾訴時間，這傢伙從頭到尾都只在說些惹人生氣的話而已吧？」

「凱賢，你就別氣了啦！」利薇安滿臉堆笑地安撫他。「就照以芳姊說的，先讓振霆他繼續講下去吧！你也知道以芳姊很擅長處理這一類的問題，就放心交給她吧！」

「好吧！」名為凱賢的少年抱著胸說：「剛剛真不好意思，是我不對，你繼續吧！」

「謝謝。」振霆回復原先那張猶如面具的笑容，他走上講台後，再度將時光回溯至去年的十二月二十五日。

聖誕快樂

「那妳就乖乖坐好！」

「好……」

對妹妹吼完後，滿腔怒火的振霆踏著重重的腳步前往玄關，但就在開門，見到那位體態豐盈、帶著黑框眼鏡的男子後，怒氣登時煙消雲散。

原來是周勝翼！

周勝翼是兩年前搬來綠園社區的新鄰居，他為人友善，待人如親，在特殊節日時常邀請社區的人一起吃烤肉。前些日子，綠園社區的孩童失蹤事件頻傳時，他也自告奮勇地加入守望相助隊，積極參與尋找失蹤兒童的行動，因此社區內的人們均對他讚譽有嘉。

不過對振霆來說，周勝翼不只是宅心仁厚的好鄰居，家中有許多電玩遊戲的他更是振霆真摯的好友。之前振霆就時常去他家做客，只不過最近他工作的工廠有很多訂單，有段時間沒回來了。

但他現在回來了！振霆興高采烈地說：「勝翼哥，好久不見！」

「你也是，好久不見啊！」周勝翼笑了笑，將手中的提袋遞給振霆。

「咦？這是？」

「聖誕禮物啊！今天不是聖誕節嗎？」

振霆將袋口打開，驚覺裡頭的東西居然是時下最夯的電視遊樂器！

「不會吧？這是要給我的？」

「是啊！」

「哇！太棒了！」振霆欣喜若狂地尖叫，本來想說電腦壞了就無事可做，但現在卻得到一台電視遊樂器，真是「有失必有得」！

「對啊！」

這時，周勝翼傾　身子，看著振霆身後說：「喔？原來欣琳也在家啊？」

「哎呀！我還以為她在補習班呢！平常她不是都要去補習嗎？。」

「現在沒有補了啦！補習班老師說她的程度已經足以考上第一志願了。」

「是喔？那還真厲害耶！不過我不知道她也在家，不然就多拿一件禮物過來了。」

不用給她禮物啦！振霆在內心想著，反正父母早就給她最新的手機與名牌包，她根本就不欠禮物。

「不然叫欣琳跟我來吧！」周勝翼笑著說：「這個月因為有接到大訂單的關係，薪水領比較多，所以我買了很多禮物，就讓她來我家選一個喜歡的禮物吧！」

「好吧！」雖然有些心不甘情不願，不過振霆還是轉頭對欣琳說：「喂！勝翼哥說有禮物要送妳，妳去他家挑一件吧！」

「禮物？」欣琳看似有些驚訝，不過很快揮起手說：「謝謝你，不過不用送我禮物啦！」

「哎呀！妳不需要跟我客氣……啊！還是我回去拿給妳？」

振霆聽到這段話，覺得欣琳一點也不領周勝翼的好意，便雙手叉腰對欣琳說：「妳這傢伙！人家勝翼哥可是好心要送妳禮物耶！妳跟他去一趟是會死喔？」

勝翼苦笑：「振霆，你別這樣說啦！」

而欣琳似乎領悟了什麼，她跳下沙發，快步走到勝翼的面前說：「不好意思，那我還是跟你去吧！這樣你也不用再多跑一趟了。」

「等等！」振霆看欣琳只穿米色的針織毛衣與黑色棉質長褲，他就把掛在牆上的風衣披在她肩膀上。

「穿上去啦！不然如果出去感冒了，妳會害勝翼哥自責耶！」

勝翼皺起眉頭說：「唉喲！你不要一直兇你妹嘛！」

「沒關係啦！」欣琳拉著勝翼的手說：「這是哥哥表現關心的方式嘛！習慣就好了。」

「你說什……」

「那我們走吧！」

欣琳笑咪咪地和周勝翼踏出門外，留下在玄關怒火中燒的振霆。

「說什麼關心……我才一點都不在意妳勒！」振霆說完，還不忘對著大門口吐舌頭。

不過這煩人的傢伙總算是消失了，而且爸爸今天好像才真的是要去見客戶，應該不會再像昨晚一樣突然回來，所以，現在就來組裝電視遊樂器吧！

由於先前就有在周勝翼家中看過他組裝遊樂器的樣子，所以振霆也知道如何組裝。在俐落地將各種線插入電視機對應的接口後，螢幕立即亮出電玩主機的介面。

「初次組裝就裝成功，我還真厲害呢！」

振霆對著螢幕傻笑，再來伸手摸進袋子，取出裡頭的遊戲盒。

那是一款G開頭的動作冒險遊戲，振霆聽周勝翼說過，這款在網路上的評價頗高，是款百年難得一見的究極大作。於是他迫不及待將光碟塞入主機，在啟動遊戲時，他緊握搖桿的手還因為過度興奮而劇烈發抖。

但就在廠商圖示跳出來後，螢幕裡就只呈現一片黯淡，振霆想說應該是還在讀取，便耐心等待，可是五分鐘過去了，電視螢幕裡仍是一片烏漆抹黑。

不會是當機了吧？

振霆按下主機電源想重開機，卻完全沒有任何動靜。

該死！難道是壞了嗎？不可能吧？哪有剛拿到就壞掉的？

不過也不曉得出什麼問題，看來還是只能去找周勝翼問問看才知道。

振霆走到玄關，伸手想拿風衣，卻發現風衣不在牆上，隨後才想起已經被欣琳穿走了。

「吼！煩耶！妳不要一天到晚都在搞我好不好？」

雖然給欣琳風衣的人明明就是自己，但振霆還是感到很火大。

「算了……」

振霆直接將大門打開，外頭的寒風立刻迎面而來，只穿一件長袖上衣的他很快就開始流起鼻水。

還好周勝翼的家就在振霆家隔壁的隔壁，所以他一下就來到勝翼的家門口。他伸手按了按門鈴，一分鐘過去了，周勝翼卻遲遲沒來應門，再按了第二次門鈴後，大門才開了起來。

「嗨！怎……怎麼了嗎？」周勝翼臉紅氣喘地問。

振霆見他滿身大汗，衣衫不整，覺得有些奇怪，不過還是問：「那個電視遊樂器好像壞了耶！我一直重開機都沒動靜。」

周勝翼想了一下，說：「我懂了，你是不是只有按一下主電源？」

「是啊！」

「只有按一下是不行的，那台主機要重開機的話，必須要長壓主電源。」

「長壓？」

「嗯，只要長壓主電源，就會自動重開機了。」

「原來是要長壓才會重開機喔！謝啦！」

「不會。」

「對了，欣琳她禮物還沒挑好嗎？」

「對……對啊！畢竟禮物滿多的，可能還要再一段時間吧！」

「原來如此。」振霆覺得欣琳很可能正在對禮物挑三揀四，便用著道歉的口吻說：「抱歉，希望她沒有給你添什麼麻煩。」

話才剛說完，一聲沉悶的撞擊聲就從背後傳來，振霆回頭望去，就見渾身是傷的欣琳倒在離他不到一公尺的地方。

怎麼回事？

「喂！」振霆下意識趕到欣琳身旁，但躍入眼中的景象卻瞬間令他大驚失色。背對他的欣琳，一雙腿竟是光溜溜地亮在振霆面前！

褲子呢？為什麼她的褲子不見了？而且又為什麼會從樓上摔下來？

緊張的振霆將她翻過來，發現陷入昏厥的她，眼窩上還有遭人痛毆的瘀痕，振霆霎時陷入混亂，完全搞不懂到底發生了什麼。

不，說搞不懂發生什麼其實是騙人的。

很明顯地，欣琳她遭到了性侵，這是早在他初見欣琳大腿內流出的鮮血後就明白的事實。

這就是現實，現實中的緊急狀況並不會像小說一樣有大量的文字解釋，而是會像炸彈一樣「砰」地讓你措手不及。就算你再多麼不願去相信，一個受人尊敬的好好先生實際上是頭禽獸，大腦也會為了生存，逼你化友為敵。就像現在，周勝翼用過肩摔將振霆拋進屋裡，再將欣琳拉進玄關處後，振霆腦海首先彈出的訊息，就是尋找周圍有無能夠防身的武器。

隨即，振霆將手伸向放滿動漫人偶的電視牆，搬起架上的液晶電視。

「哇啊啊啊！」

振霆奮力將液晶電視砸向周勝翼的頭，但周勝翼也不是省油的燈，他猛然揮出手臂，液晶電視立刻被擊飛！再來，他以斯巴達踢姿踹向振霆的腹部，振霆頓時在地面滑行直到頭撞到流理台下的櫥櫃才停了下來。

振霆抱著發疼的頭，兩眼直冒金星，不過他並沒有向周勝翼求情，也無質問他為何要這麼做。

因為他都被攻擊成這樣，如果在這種情況下，還要玩「你為什麼要這樣做」那一套，那這個人不是電影看太多，就是智能有障礙。

現實正是如此殘酷，一個滿腦子盡是殺意的人，是不會給你時間問問題的，想要搞清楚他為何會突然想殺了自己，等到成功生存下去後再去釐清也不遲。

眼見暴怒的周勝翼拔山倒樹而來，振霆情急之下，拿起流理台上的瓷盤朝他扔去，但全身都是贅肉的周勝翼根本不怕這點疼，如坦克般暴衝而來的他，每踏出一步都是一次的震撼！接著他伸出雙手，狠狠掐住振霆的頸子，振霆瞬間感到頭昏腦脹，兩顆眼珠更因為血液不流通而突出眼窩。

不行，再這樣下去會死的！

意識到這點的振霆，在視線逐漸模糊的情況下，隨手抓起流理臺上的硬物，並將其砸在周勝翼的脖子上！

「哇啊！」周勝翼驚叫一聲，鬆開雙手，振霆往地上跪去，大口地吸了一口長氣，待視覺恢復之後，轉頭一看，才見周勝翼的脖子上，居然卡著一把菜刀！

「啊……啊啊……」周勝翼坐在地上，一臉鐵青地想將脖子上的菜刀取出，振霆直覺不妙，大喊：「別拔出來！」

噗一聲，鮮血如火山爆發噴湧而出。

周勝翼緊抓脖子，但鮮血仍是從他手指縫裡噴了出來，龐大的身軀開始像頭抓狂的山豬到處亂撞，登時讓廚房響起大量瓷器摔碎的聲響。

不到一會，廚房潔白的磁磚幾乎都被濺上一層鮮血，再來周勝翼身子一軟，往地上的血泊癱倒而去，眼見此幕的振霆認為危機解除，頭也不回地奔回玄關處。

來到欣琳身旁，振霆喊：「欣琳！現在沒事了，妳快起來啊！」

振霆不停拍著欣琳的臉頰，但無論他怎麼呼叫，欣琳仍是沒什麼反應，振霆此時突然感到胸口疼痛莫名，彷彿像遭利刃捅入般痛苦難受。

為什麼？一直以來，自己不都很討厭欣琳嗎？但為什麼看到欣琳遍體鱗傷的模樣，卻不自覺地感到悲傷呢？

「欣琳，我……」振霆欲言又止，認為現在並不是思考這些的時候。他左顧右盼，找到沙發旁的電話，立即報警。事後，警方調查現場，釐清事發經過。

案發當天十七點十分，周勝翼以送禮為由，邀請欣琳前往自宅挑選禮物，在帶她上二樓後隨即毆打欣琳並加以性侵，性侵動機很可能是臨時起意。在性侵得逞後，欣琳的哥哥振霆因事前來詢問周勝翼，周勝翼便將欣琳反鎖在房內。而欣琳當時很可能因驚嚇過度的關係，在神智不清的狀態下從二樓陽台一躍而下，振霆見狀，立即發覺事情不單純，周勝翼則為了掩蓋罪行，想將振霆殺人滅口。振霆在危急之下，以菜刀重創周勝翼，周勝翼當場因失血過多而陷入昏迷。

在警方與救護車到達現場後，欣琳和周勝翼紛紛被送往醫院，之後，欣琳被驗出下體有撕裂傷，體內還殘存周勝翼的體液。但周勝翼卻因腦缺氧而成了植物人，所以即使罪證確鑿，也因被告無法出庭而無法開庭審判。再加上周勝翼無親無故，就算是民事訴訟也一樣求償無門，振霆的雙親因此欲哭無淚。不僅如此，欣琳之後還患上創傷症候群，從此性格大變，夜夜號哭，必須長期服用鎮定劑才能舒緩情緒，另外也因封閉自我內心的關係，再也無法開口說話。負責治療欣琳的臨床心理師，認為讓欣琳遠離她受害的地區，與過去受傷的記憶切割才能有效治療病情，於是振霆的父母遵照醫師建議，搬離原先的都市，來到了名為桐屋鄉的小鎮。

第二章

詭夜詭妹

聽完振霆娓娓道來，張以芳逐漸瞭解振霆的家庭。

首先，他的父親可能具有暴力傾向，而且是家中說話最有分量的，從振霆很少提及母親這點就能看出，父親是家中的主導者。至於他的妹妹則因成績優秀的關係，倍受父母關愛，因此振霆從小就在妹妹身後的陰影中長大。

不過有關振霆本身的資訊還不充足，所以張以芳決定朝另一個方向前進。

「你說的大致上我都瞭解了，那麼，現在可以來說一下你的夢境嗎？就是最近一直在困擾你的惡夢，那些惡夢的內容都是怎麼樣的呢？」

「惡夢的內容千變萬化，一時說不清，但都是跟欣琳有關就是了。」振霆說。

「都跟你妹妹有關？」

「嗯，而且內容不是她在自殘，就是以各種千奇百怪的方式死去，很可怕的，妳確定要聽嗎？」

「當然，況且被惡夢困擾才是你今天被帶來的主因吧？」

張以芳會這麼要求，其實是因為夢境能反映現實的心理障礙，所以如果能解析夢的內容，那就更能接近振霆的問題所在。

振霆點點頭說：「好，那我就講最近讓我印象較深刻的夢吧！我還記得，那是在一個陌生的……」

惡夢

不連貫的水滴聲，在耳邊微微響起。

振霆倏然張開雙眼，昏暗且陌生的環境在他眼前降下，一察覺自己身處在不明之地，身子立刻從地上彈了起來。

振霆左顧右盼，發現這裡是間公廁，但除了左邊有一連串的隔間外並沒有小便斗，所以很明顯是女廁。在閃爍不已的燈光下，能看見廁所的牆面掉漆嚴重，地磚上也盡是黑色汙垢，看來這裡已廢棄多時。

但，自己怎麼會在這個地方？

振霆抓著後腦杓，對這問題完全沒有任何頭緒。

突然，離他最近的隔間傳來一陣敲門聲，振霆心一揪，覺得可怕，但自己的身子竟不聽使喚地向前走去！

他的手不顧恐懼，自動拉開那扇門的門鎖，將門打開，他見到一位女孩坐在裡面，她低著頭，黑色的長髮垂過自己的面孔，給人感覺陰森森的，不過振霆很快認出那女孩就是欣琳！畢竟是兄妹，人類對親人的識別能力是從幼兒時期就開始運作，所以無論怎麼打扮，親人還是能認出彼此。

振霆認出欣琳後，覺得有些放心，問：「欣琳，妳在這做什麼？」

欣琳緩緩抬起頭，在長髮下若隱若現的嘴脣微微上揚。

「哥，你喜歡看我受苦嗎？」欣琳問道，語調冰冷。

「咦？」振霆不懂欣琳的意思，話說回來，剛剛她的手就不停在下面抓啊抓，振霆好奇地往下看去，結果映入眼簾的景象差點讓他把胃裡的東西給吐出來！

欣琳她居然正用老虎鉗，將自己左手的手指一根根地向後折去！白森森的骨頭刺破彎曲的皮膚表面湧出大量鮮血，振霆剎時頭皮發麻，鏡像神經元所引發的痛覺共鳴更令他左手五指疼痛劇烈。

「住手！」

振霆奔過去，硬是將欣琳手上的老虎鉗給搶走，欣琳此時站起身，露出一雙哭紅的雙眼說：「好痛啊！哥……」

「這當然的啊！妳這笨蛋，為什麼要對自己做這種事？」

「因為只有這樣，我才不能寫字啊……哈哈！也沒辦法再拉琴了呢！」欣琳突然將皮開肉綻的手指貼到振霆的面前，讓振霆能夠清楚看見呈現撕裂狀的血肉裡，還有條深藍色的靜脈血管垂了出來。

「這下你滿意了吧？哈哈！哈哈哈……」欣琳像瘋子般又哭又笑，惶恐的振霆想推開她，身子卻無法動彈，欣琳變本加厲，瘋狂用流滿鮮血的手拍著振霆的臉喊：「這下你就滿意了吧？身為家中寵兒的我變成廢人你就滿意了對吧？呵哈哈！哈哈哈哈哈哈！」

「哇啊啊——！」

一陣天旋地轉，屁股傳來劇烈的疼痛，原來是從床上摔了下來。

「原……原來是夢……」

嚇出一身冷汗的振霆摀著嘴，費了一番努力才將胃裡的噁心感給壓了下去。

＊＊

「大致上就是這樣。」振霆持著麥克風說：「雖然夢的內容很恐怖，但真正讓我感到困擾的是，在我的夢中，我總是會想去阻止欣琳受苦。但現實中我明明就很討厭她，甚至巴不得她再遭遇一次『報應』，所以我才會感到很痛苦，因為夢中那個會為妹妹擔心的我根本就不是我！」

張以芳說：「原來如此，不過若是以心理學的角度來看，夢其實是潛意識的延伸喔！你說你會為妹妹感到擔心，或許是因為你實際上並沒有真的想殺死你的妹妹，我個人認為，在你的潛意識中，應該還是對她抱有親情的愛意。」

「妳說什麼？」振霆嗓音提高八度。

「而且去年聖誕節那起事件，你不也拼命在保護你妹妹嗎？」

「我沒有！那是周勝翼他太緊張了，急著想殺我，我沒辦法只能跟他拼命，但要是他能冷靜一點聽我好好說明，或許我還會讓他繼續羞辱欣琳也說不定！」

底下的少年們聽聞這話，火氣再度上來，張以芳身子也微微顫抖，不過她還是忍住氣說：「但你當時確實很心疼吧？」

振霆垂下了頭，沉默不語。

片刻，他才以細小的聲音說：「好吧……我不否認，當時我的確是有點心痛，或許那時我對她還有點感情吧？但是現在，絕對不可能！」

說完，振霆猛然掀起上衣秀出他的腹部，隨即眾人驚呼連連，因為在他的腹部上，居然有道約六公分長的刀疤！而且傷口的顏色很鮮紅，表示這道傷還很新。

「這個，可是欣琳她做的好事喔！」振霆皮笑肉不笑地說。

「什麼？」張以芳感到訝異，因為聽振霆的說明，他的妹妹應該是性格溫和，體貼善良的好孩子，就算罹患創傷症候群，也應該不會做出那麼殘忍的事。

振霆看大家眼神惶然，便笑著說：「不用那麼懷疑啦！這真的是她做的，而且她做的壞事可不只這樣呢！嘻嘻……自從聖誕節發生那件事之後，她就變得越來越奇怪了呢！」

「變得越來越奇怪？」

振霆看了下手錶，說：「今晚時間還很多，就讓我一個一個慢慢說吧！有關於欣琳這些天來所產生的異變，以及她到底對我幹了什麼好事……」

十六天前

夜半三更，振霆尖叫一聲，從床上驚醒過來。

又做惡夢了，而且除了女主角已經是快萬年不變的欣琳以外，這回他居然還夢到周勝翼！

在夢境中，周勝翼還是一頭油髮、帶著黑框眼鏡的邋遢肥宅樣，欣琳則像是剛被施暴過般，全身遍體鱗傷地在地上爬行。

「欣琳！」

即使現在回想起來有些可笑，但夢中的振霆確實是會為欣琳感到擔心，不過正當他想奔去扶起欣琳的身子時，卻發現自己跪下的雙腿竟牢牢黏在地磚上！

「嗨！振霆。」周勝翼露出牙齒，對振霆笑說：「你乖乖跪在那看我表演就行了。」

接著，他舉起腳重重踩向欣琳的小腿，一聲如樹枝斷裂的輕響傳了過來。

「哇啊啊啊——！」欣琳的慘叫聲像是撕破喉嚨，一下子就啞了，她撲簌簌落下淚來，嚴重抽搐的臉孔足以表達斷腿的痛苦。

「唉喲！」周勝翼一把抓起欣琳的頭髮說：「別哭了啦！只不過是腿斷了而已嘛！」

「什麼叫只是腿斷了而已！快給我放開你的髒手啦！」

周勝翼此時看向振霆說：「你是在生氣什麼勁？你不是很討厭你妹妹嗎？」

「這……」振霆一時不知怎麼回應，周勝翼便再度露出令人反感的笑容。

「你不是還曾希望你妹不得好死嗎？呵呵，我現在……就來達成你的願望吧！」周勝翼說完，開始解開褲襠，振霆見到此幕，大聲咆哮：「喂！你這變態別給我……」

一個龐然大物忽然從周勝翼的跨下閃現，是一根有四十公分長，寬約十公分的金屬鑽頭。

為什麼人類的身體會有那鬼東西啊？正當振霆目瞪口呆，周勝翼將欣琳拉向自己，把鑽頭對準她的嘴巴說：「來，就用妳那張小嘴讓我爽翻天吧！」

「轟隆隆——！」

鑽頭發出馬達運轉的噪音，周勝翼將腰向前一頂，鑽頭立刻穿進欣琳的口中，其景彷佛像西瓜打汁，鮮紅的液體狂亂地從欣琳的嘴裡噴灑出來。由於場面過於怵目驚心，振霆呆若木雞，只能眼睜睜望著欣琳的雙眼逐漸翻白。

接著，振霆便在極度恐慌的狀態下驚醒過來。望向床頭旁的電子鐘，裡頭顯示著2月14日 AM04:43 的字樣。

「該死……」振霆用力痛毆自己的枕頭。

自從去年聖誕節後，他幾乎每晚都會做有關欣琳的惡夢，即使在一月底搬來桐屋鄉，惡夢還是如影隨形地跟著他。

這會是上天對他的懲罰嗎？

回想當時，父親接獲消息後立刻從外縣市趕回來，在到達醫院，聽完警方說明後，他二話不說，將振霆揍得滿地找牙，在旁的幾位警察見狀，趕緊把父親架開，被架開的父親暴怒地對振霆吼：「你看你這哥哥怎麼當的！欣琳在被別人欺負時，你居然還在打電動？你是玩到腦子都壞掉了嗎？如果連自己的妹妹都保護不了，那我們家乾脆不要有你這個哥哥算了！」

不要我這個哥哥算了？

哈！埋藏十多年的真心話總算洩漏出來了嗎？真是不意外啊！因為從小到大，你不就一直不把我當人看嗎？無論我做什麼事，永遠都只會打我、罵我，連一句小小的讚美都未曾說過！

但，欣琳她就不一樣了。

她犯錯，你會細心教導，她要脾氣，你會耐心忍受，因為她聰明優秀，讓你在外很有成就感，所以就算她被那個禽獸搞得半死不活，你也還是會深愛她吧？

可惡！既然什麼事都沒變，那為何我每晚還要受這些惡夢所苦？

振霆緊握雙拳，指甲深深陷入肉裡，因為他不懂上天讓他每晚做這些惡夢到底有何用意，即使欣琳遭人強暴，罹患創傷症候群而無法再開口說話，但她仍然是這個家中的寵兒啊！

「嘻嘻……」

孩童的嬉笑聲，從房門外傳了進來。

有人在外面？振霆感到有些詭異，不過他很確定他現在並不是在做夢，於是他走下了床，拉開房門。

門外並沒有任何人影，只有一道橫向的長廊。是聽錯了嗎？

振霆搔了搔耳朵，打算回房，但就在這時，他又聽到小孩子嬉笑的聲音！

是從走廊另一側傳來的，那邊是欣琳的房間。

是欣琳在笑嗎？不對吧？

從那件事發生後就沒見她笑過，而且那也不是欣琳的聲音。

振霆決定去欣琳的房間一探究竟，然而，他越靠近欣琳的房間，笑聲就越來越明顯，而且感覺不只一人，比較像有很多小孩一起嬉鬧的笑聲，這種嬉鬧聲在校園很稀鬆平常，不過大半夜聽到這種聲音卻格外令人毛骨悚然。

身處在幽暗長廊中的振霆嚥了口沫，他距離欣琳的房門只剩一步之隔。

他將手緩緩伸至門把上，並且深吸一口長氣。

開門！

聲音，消失了。

房間內，除了欣琳一人靜靜側睡在被窩裡，房裡並沒有看到其他人影。

哈……這情節發展還真是老套呢！

振霆雖然笑著，但背後卻早已濕了一片，因為他能感覺得到，在他打開房門之前，的確是有什麼東西在欣琳的房裡，不過那東西究竟是什麼，振霆就不得而知了。

早餐

二月十四日早上六點三十分，振霆在房間裡準備上學要帶的東西。其實也不需要準備什麼，因為今天是開學日，不過由於是「下學期」的開學日，所以對身為轉學生的振霆來說，勢必又得為了融入班級而費心神。班級是社會的縮影，在與同學的情感尚未培養出來之前，任何行為舉止都得特別注意……正常來說是這樣子，只不過振霆是例外。

他一點都沒有為融入新環境這點感到不安，反正在原本的學校裡，他本來就沒在跟同學交流，所以就算轉學了，他也不怎麼在意。

悠然自得地揹起背包，踏出房門，走下比舊家還要窄的樓梯，來到比舊家還要簡樸的廚房，便見身穿西裝的父親正盛　餐桌上的粥。

振霆想起，自從那天後，父親就再也沒跟他說過半句話，因為自己對他來說，只不過是在法律上有義務要養大的存在罷了，等到他成年之後，應該就會一腳把他踹出這個家吧？

振霆坐到父親的對面，默默盛起稀飯，盛完後，兩個人的腳步聲從樓梯口傳來，振霆轉頭一看，就見母親扶著欣琳走下樓梯。欣琳她雙眼無神，一頭長髮亂蓬蓬，走起路來搖搖欲墜，像是被颱風摧殘後的小花一樣。

雖然日常生活以及課業都還是能夠自行完成，但唯獨交際有障礙，沒辦法再開口說話的她，無論旁人跟她說什麼，她所能做到的最大表達就只有點頭跟搖頭而已。

簡單來說，就是變成社交廢人。

一家四口圍　圓桌，毫無生氣地吃起桌上的粥。

憶。

振霆見欣琳默默吃粥的模樣，不禁想起在悲劇發生之前，一家四口吃晚餐的回憶。

「振霆！」父親用筷子指著桌上的茄子說：「不要挑食，你媽媽煮菜就是要給你吃的，快給我夾過去。」

振霆看著盤中那團軟軟爛爛的茄子，胃就開始不舒服，所有蔬菜當中，他最討厭的就是茄子，他實在無法理解，這種像蛞蝓屍體般黏糊糊的物體到底是哪裡好吃？

父親見他沒有動作，神色不悅地說：「振霆，如果五分鐘後，這盤茄子還有剩的話，那以後你晚餐就都不用吃了！」

話才剛說完，盤子上的茄子忽然消失無蹤，原來都被欣琳給夾走了。

「抱歉哥哥，你動作太慢了，所以這些都是我的了。」

「欣琳，妳做什麼？」父親怒問，但她卻已狼吞虎嚥地將那些茄子吞下肚，過程還因為噎到而咳了好幾聲。

母親拍拍欣琳的背說：「沒事吧？吃飯慢慢來就好了啊！」

欣琳露出笑容，用著因咳嗽而沙啞的嗓音對父親說：「這下……這盤茄子就都空了吧！」

父親不滿地說：「我是要振霆吃，不是妳！」

欣琳這時轉過頭對振霆說：「哥，對不起啦！我知道你很想吃，但媽媽煮的茄子真的太好吃了，所以你就原諒我這一回吧！」

振霆不是笨蛋，他當然知道欣琳真正的用意，雖然覺得她很多管閒事，但還是順著她說：「真沒辦法，這次就原諒妳吧！」

在旁的母親見兄妹兩人的互動，嘴角便是微微上揚。

不過現在，已經不會再發生這種事了吧？

父親再也不理自己，欣琳也不會再多管閒事了，就連母親，雖然沒有很明確的表現，但振霆還是能感受到母親對他的態度越來越冷淡。對這個家來說，振霆彷彿就像是個多餘的人。

不……其實以前就差不多是這樣子了吧？只不過最近比較明顯而已，所以根本沒必要緬懷過去，倒不如說，現在大家都明確表態的日子反而還比較合振霆的意，至少不會再讓他像以往一樣，癡癡地對父母關注自己抱有一絲的希望。

新學校

吃完早餐後，振霆在新家旁的車庫裡等待欣琳與母親。

車庫內的門打開了，母親帶著身穿制服的欣琳現身，欣琳的長髮已經被母親整理的柔滑似水，跟剛才披頭散髮的模樣簡直判若兩人。不過即使她五官如陶瓷娃娃般精緻，那雙深邃的眼眸依舊透露出她已失去心靈的事實。

搭乘母親的車前往學校途中，振霆望著窗外，看著外頭的街景，這裡雖然是鄉下，但其實跟都市差不了多少，除了少了很多高聳的建築物外，該有的都有，並沒有像振霆原先想的那麼落後。

在駛過一座小橋後，車子來到校門口，校門上掛著大大的新泉國中這四個字。

振霆下了車，看見門口有許多學生正打打鬧鬧地進入校園，不過在那裡還站了一位身穿運動外套的男子，他一見母親帶欣琳下車就跑了過來。

「伯母早安！」

「楊老師早！」

兩人互相打聲招呼。振霆知道這名男子是誰，他是欣琳的班導師。在先前來學校登記的時候，母親就有向學校說明欣琳的狀況，希望校方能夠讓欣琳進入風氣較好一點的班級，不然怕無法正常說話的她會被欺負，而這位楊老師的學生成績都很優秀，所以班上風氣自然很好。

母親說：「那就請你帶她去吧！」

「好的。」楊老師蹲下身來，對欣琳說：「放心吧！班上同學人都很好喔！」

欣琳沒有回應，理所當然。

在楊老師帶欣琳進校園後，母親說：「真是熱心的老師，居然還會來校門口接學生呢！」

「喔！」振霆敷衍回應。

進入校園後，振霆照先前來學校登記的指示來到三年二班，由於自己是新同學，所以一踏入教室，同學們便對他投來好奇的眼光，不過並沒有蜂擁而上的情況。這是當然的，現實不是偶像劇，新同學就只是新同學而已，並不是什麼特別的稀有物種。

振霆看向黑板，想在黑板上找座位表，卻發現上頭並沒有座位表，是老師沒有安排座位嗎？還是這所學校並不像他之前就讀的學校一樣，每學期就換一次座位？

算了，每所學校各有自己的校規，所以這不是他現在該思考的問題。

現在真正的問題是，他要坐哪裡？如果沒有座位的話，難不成要在這呆站到老師來？

就在此時，一位男同學向振霆招手說：「同學，這裡有空位，你先來坐這裡吧！」那位同學體態壯碩，皮膚黝黑，感覺像原住民，振霆見他指著靠窗那一排的最後一個位置，便朝那方向走了過去。

振霆坐好後，那位同學靠過來說：「嗨！你叫什麼名字？」

「潘振霆。」

「潘振霆？怎麼寫？」

「就潘朵拉的潘，振作的振，雷霆的霆。」

「喔？所以你爸媽是希望無論你碰到什麼困難，都可以快速振作起來嗎？」

「什麼意思？」

「你瞧，雷霆的霆不是有閃電的意思嗎？閃電又代表著迅速，所以……」

「等等，你難道對姓名學有研究？」

「沒有。」

那你就別給我說這些屁話啊！

振霆雖然很想這麼說，不過還是回：「我想我爸媽取名的時候應該沒想那麼多吧？」

「那你以前是讀哪個國中的？」

「崇炎國中。」

「那你為什麼會在這時候轉過來啊？不是已經國三了嗎？」

「啊……這個……」

就在振霆覺得這傢伙怎麼那麼煩的時候，清脆的女聲傳了過來。

「江興耀，人家才第一天來，你不要一直問他問題啦！」

轉頭望去，是名留著俏麗短髮的少女，她膚色很白，長相清秀，微捲的髮梢讓她看起來有些可愛。

江興耀理直氣壯地說：「我怕新同學害羞，所以先來跟他聊一聊啊！」

羞你老母！振霆在心中暗罵。

「你這樣反而會讓新同學不自在，先回你的座位吧！」少女說完，江興耀便乖乖離去，看樣子少女在班上有一定的地位在。

「抱歉，那傢伙以前話就很多，別在意……對了，我叫利薇安，是這個班級的班長，如果有什麼問題，都可以來找我喔！」薇安說完，對振霆莞爾一笑。

「謝謝。」振霆以營業用笑容作為回應。

之後，一名身穿格狀襯衫的中年男子走了進來，振霆直覺他應該就是這個班級的班導。

班導走到講台上，對底下因剛開學而過度興奮的同學說：「大家安靜一下，今天有新同學要來喔！」

「已經來啦！」坐在前排的江興耀指著振霆說。

「原來已經到了啊！那可以請你上台向大家自我介紹一下嗎？」

「好的……」

雖然不太願意，不過也不能當眾反抗老師，就上去隨便說一下吧！

振霆走上台，面對台下投來的熱切視線，用著沒什麼溫度的口吻說：「我叫潘振霆，興趣是打電動，如果有在玩絕望邊緣 on line 的，可以到阿瑞斯伺服器來找我，我暱稱叫反妹控人格障礙患者，歡迎大家來加我好友。」

語畢，台下同學的臉上盡是「蛤」的表情。

班導拍拍振霆的背說：「打電動老師是沒意見啦！不過你已經是國三生了，建議你還是把時間都放在課業上比較好喔！」

「好，我會用功讀書的。」振霆口是心非。

班導說：「薇安，這位同學就給妳照顧了。」

「嗯，我剛已經跟他打過招呼，老師你就放心交給我吧！」

不久之後，鐘聲響起。

由於是開學第一天，所以大多數的同學都被派去搬新課本，薇安趁這時帶振霆繞新泉國中的校園一圈。

新泉國中其實很小，聽薇安的說明，全校學生總人數只有五百出頭，學校的校舍也只有兩棟，一棟是導師辦公室，另一棟則是普通教室，一樓為保健室、輔導室與福利社，二樓則是一年級的教室，三樓是二年級，四樓是三年級，振霆的教室就位於四樓。

中午，豔陽高照。

因為開學日的關係，學校只有上半天課，但由於薇安是班級幹部，因此必須留下來處理一些班務，振霆便孤身一人離開教室，而在下樓時，他剛好遇到欣琳，兄妹倆便一同默默走下樓梯。

到達一樓後，振霆看欣琳揹書包揹到整個身子都傾斜了，就想到她今天拿了一堆新課本，勢必會感到吃力，於是振霆對她伸出手說：「要幫妳揹嗎？」

其實振霆是怕欣琳她被厚重的書包壓垮，到時又會害他被父親罵：「你這做哥哥的是不會幫妹妹拿東西喔？」

但欣琳卻縮起身子，不讓振霆靠近。

「喂！我好心幫妳揹書包，妳是在躲什麼啦？」

振霆火氣上來，嗓音提高。欣琳的腳步逐漸加快，振霆見她要逃跑，立即拉住她的背帶大喊：「叫妳把書包給我就給我！」

結果欣琳被這麼一拉，反而重重往地上摔去，振霆見狀嚇了一跳，因為這是他最不想看到的事。

他趕緊扶起欣琳，赫然發現她膝蓋破了皮，鮮血源源不絕地流了出來。

該死！如果這被母親見到，一定會被告狀，到時候他又要被父親海扁一頓了。

振霆揹起欣琳的書包，匆促地帶著欣琳前往保健室，好在保健室裡頭還有人，只不過是個年邁的阿姨就是了。

當保健室阿姨用優碘幫欣琳進行消毒時，欣琳的眼睛連一下都沒有眨，振霆此時才發覺原來電視都是演真的。

人被玩壞了，就什麼事都感覺不到了呢！

當傷口包紮完後，振霆沒有和保健室阿姨道謝就帶欣琳走了。

走到校門口，振霆對欣琳說：「如果媽媽問妳膝蓋怎麼受傷的，妳要說是自己跌倒喔！」

欣琳默不作聲，沒有回應。

雖然知道她沒辦法說話，不過她還是可以用點頭來回應吧？但為什麼連這麼簡單的動作都不做呢？於是振霆一把捏起欣琳的下巴吼：「我不管妳是因為什麼症候群閉嘴不說話，反正我跟妳說什麼，妳給我點頭就對了啦！」

振霆斷吼完，欣琳才緩緩點了點頭。

「很好，這才是我的妹妹。」振霆露出微笑，隨興撥弄欣琳的頭髮。

走出校門後，母親也剛好開車過來，不過貌似看到欣琳膝蓋上的紗布，母親立刻下車，急奔到欣琳的面前問：「哇！妳的膝蓋怎麼會這樣？」

「她剛剛自己不小心跌倒啦！對吧？」振霆勾著欣琳的肩膀問，欣琳搖頭。

搖頭？等等……怎麼會是搖頭？不是說好要點頭嗎？

「欣琳，妳是自己跌倒的對吧？」

還是搖頭。

振霆心急了，他搭在欣琳肩上的手不自覺出力，五根手指頭深深掐進她肩膀的肉裡，欣琳這時奮力將振霆推開，並奔往母親的懷中。

「喂！振霆，這是怎麼回事？」

母親指著緊抱她的欣琳怒問，振霆戰戰兢兢地說：「就她自己跌倒啊……」

母親低下頭，向欣琳問：「哥哥說的是真的嗎？」

欣琳搖頭，眼角還流出一滴淚水。

完了，眼淚是女人最強大的武器。

接下來，母親雖然一句話也沒有說，不過振霆心裡很明白，待會兒他就要倒大楣了。

半夜鬼聲

一回到家，母親就跟父親提及欣琳的狀況，父親聽聞，毫不意外直接賞了振霆兩巴掌，不同以往的是他這次沒多說什麼，是因為已經懶得用言語跟兒子溝通了嗎？

算了，不管怎樣都無所謂了。

振霆揉著滲血的嘴角，悶不吭聲地奔上樓梯。

進房間後，他一口氣躍上床，像患有情緒障礙的青少年對枕頭怒灌幾拳。

「哇啊啊！」振霆大聲吶喊，說怎樣都無所謂其實是騙人的，振霆覺得自己很受委屈，明明是欣琳不接受他的好意才會受傷，但為什麼大家都搞得像是他的錯一樣？

還有欣琳是從哪時候起變得那麼不聽話？明明以前不是這樣子的啊！

難不成是對我懷恨在心嗎？因為周勝翼那件事……

「該死！反正什麼都是我的錯就對了啦！」

振霆再度狠揍枕頭一頓，揍累了，索性倒頭就睡。

睡夢中，振霆見欣琳把自己的臉泡進淡黃色液體，白色蒸氣隨之冒出，本來小巧可愛的臉蛋，頓時化為血肉模糊的恐怖樣貌，振霆嚇得趕緊拿手機撥打一一九。但電話無論怎麼打都打不通，對外呼救也沒半個人回應，振霆倉皇失措，卻只能眼睜睜看欣琳的臉被不明液體侵蝕出血紅的大洞，接著，振霆就在失去親人的悲痛下驚醒過來。

醒來後，時間是凌晨一點鐘。

雖然覺得夢中那個會為妹妹傷心的自己很噁心，不過在夜復一夜的折磨下也漸漸習慣了，反正再怎麼說也不過是一場夢，夢純粹只是虛假的幻象罷了。

就在這時，振霆突然倒抽一口氣，因為他又聽見了，房門外有孩童嬉鬧的聲音。踏出房門，往聲音傳來的方向望去，又是欣琳的房間。

果然真有什麼東西在欣琳的房裡作祟。

振霆下定決心，這次一定要解開這些嬉鬧聲的真相，於是他深呼吸，一鼓作氣朝欣琳的房門前進，結果就在開門的那一剎那，一張陌生的臉孔貼了上來！

「啊啊啊！」

振霆嚇得跌坐在地，因為深夜之中，居然有位面無血色的女孩出現在他眼前！

女孩留著短髮，身穿白色洋裝，左耳上繫有紅色的蝴蝶結髮帶，不知為何，振霆覺得這女孩有些眼熟。

啊！她不就是去年暑假，在社區舉辦的音樂會中跟欣琳同台演出的女孩嗎？記得好像是叫陳嘉琦，不過會記住名字不是因為她鋼琴彈得行雲流水，而是後來她的尋人啟事幾乎貼滿了整個社區，振霆不想記住都不行。

不過身為社區連環失蹤事件首位失蹤者的她，怎麼會在這時候出現在欣琳的房裡？

陳嘉琦此時在自己的雙唇前豎起食指，那是表示安靜的手勢。

再來，她用著僵硬又不協調的動作慢慢往欣琳的床走去，振霆覺得古怪，立即追上前，但一眨眼，陳嘉琦竟活生生消失在振霆眼前！像是做夢一般，振霆感到這一切很不真實，但他無法否定剛剛所發生的一切，同時也很肯定自己並不是在做夢。

那麼，剛才的現象就只有一種解釋了，那就是陳嘉琦她……

「振霆，你在欣琳的房裡做什麼？」

振霆嚇了一跳，原來是母親。母親神情凝重，貌似是在懷疑振霆想對熟睡的欣琳做什麼壞事，振霆趕緊澄清：「我沒打算要對欣琳怎麼樣！我只是聽到她房間有怪聲才過來看的。」

「怪聲？什麼怪聲？」

「就是有小孩子的嬉鬧聲。」

「我剛才就只聽到你的叫聲而已，你是不是做了什麼惡夢，把夢跟現實搞混了？」

振霆抓抓後腦勺說：「應該是這樣啦！我剛確實是做了惡夢沒錯……原來如此，是我搞混了，呵呵，那我回房間去了。」

振霆想說，反正陳嘉琦的事也無法向母親解釋清楚，倒不如裝瘋賣傻還比較實在，不過在與母親擦肩而過時，母親對他說：「回去好好休息，但以後別再隨便跑到欣琳的房間來，她現在可虛弱得很呢！」

「嗯，我知道了。」振霆冷冷回應。

之後的夜晚，振霆雖然再也沒聽到孩童的嬉鬧聲，不過他還是覺得心裡毛毛的，畢竟當晚見到的陳嘉琦可是先前失蹤事件的失蹤者啊！加上那些嬉鬧聲也不是只有一個人的聲音，這讓振霆不禁將這些異象，與先前在社區發生的連環失蹤事件連繫在一塊。

綠園社區連續失蹤事件，是從去年八月陳嘉琦開始，一直到十二月為止總計四名女孩突然音訊全無的事件，雖然當時有請警方協助調查，卻什麼線索都沒找到。她們就像是憑空消失，完全沒留下任何訊息，振霆當時認為她們可能已經慘遭不測，在周勝翼事件後，他甚至還一度認為是不是周勝翼把那些女孩怎麼樣了。不過這份推論並沒有任何證據能夠支持，會讓振霆這麼懷疑的理由，就只有周勝翼先前曾積極參與守護相助隊的搜索行動罷了。

而且，推理本來就不能有先入為主的觀念，周勝翼性侵欣琳並不代表他也對那些女孩做過同樣的事，更何況欣琳現在人還好端端的在這呢！

所以並非是周勝翼與這些異象有關連，真正有關連的人應該是欣琳才對。

就拿陳嘉琦來說，光是她去年與欣琳同台演奏一事，就能證明她們之間的羈絆。至於其他女孩，以欣琳平易近人的性格，也很容易和她們打成一片，畢竟是社區鄰居，是每天都會見到面、也是和自己年紀相當的女孩，所以結論就是，欣琳與自己當時結伴的好友串通好來整自己的哥哥。

靠！這是什麼莫名其妙的結論啊？

振霆想到這裡，覺得自己根本是智障，想了一大堆，但對於那些孩童嬉鬧聲，以及陳嘉琦憑空消失在他眼前這些事，都還是沒有半點合理的解釋。不過既然沒再發生怪事，那就沒必要浪費精力在這上面了。

沒事就沒事，出事再解決，這就是振霆這些年來秉持的處事原則。

鼠魔來襲

日月如梭，光陰似箭。

距離開學也已經過了兩個禮拜，在學校的日子，雖然班長利薇安時常來關心自己。但振霆對她總是愛理不理的，在他的世界中，他關心的只有電玩而已，其他事物則不怎麼在意，至於欣琳，要不是前些日子她房間疑似鬧鬼，振霆根本就懶得理她。

不過夜夜困擾振霆的惡夢卻有逐步升級的跡象，例如做夢時間延長，內容更加血腥暴力，甚至除了晚上以外，現在就連在學校午休時都會做惡夢！振霆已經連續三天都在午休時驚醒，在驚醒的同時也順便為班上帶來一些騷動。

而薇安雖然都有幫振霆打圓場，不過振霆還是不怎麼理她，即使薇安長相清純，性格熱情，但她對振霆的關懷其實並沒有其他意思，所以為了不讓自己產生過度幻想，振霆才一直抗拒她對自己的關懷。

不過到了禮拜六，當振霆從欣琳被大卡車輾死的惡夢中驚醒過來後，他又再度聽到了怪聲，而且這次不只有孩童的嬉鬧聲，還多了急促的腳步聲，像是有人在門外的長廊上奔跑。

該死！欣琳又再搞什麼鬼啊？

振霆無意之中，已經將欣琳與怪事畫上等號，而他本來不太想理欣琳，畢竟他又不是電影主人公背負著必須揭開一切真相的使命。他只不過是平凡的中學生罷了，根本沒必要去面對連現代科學都沒轍的難題，不過隨著門外腳步聲越來越劇烈，振霆的心臟便越跳越大聲。

馬的……還是去看一下好了。

振霆抱著發抖的身子下了床，躡手躡腳地走向房門，當他緩緩打開自己的房門時，還不斷在內心祈禱，拜託上天不要讓他看到走廊上有一群陌生的小女孩在跑步。

幸好沒有。

將房門打開後，映入眼簾的只有空蕩蕩的長廊，不過急促的腳步聲依舊，是從另一端傳來的。

欣琳的房間，萬惡之房。

振霆吞了口沫，想著如果他再見到陳嘉琦，管她是人是鬼，一定要先海扁她一頓再說。

這就是振霆安慰自己的方法，面對恐懼，就用暴力來解決，這跟見到鬼要罵髒話是相同的道理，人只要想辦法催眠自己比鬼還要壞，就會產生鬼會因此不敢來害自己的想法與勇氣。

振霆到達欣琳的房門前，先是深吸一口氣，再來便像好萊塢電影的警察直接踹開欣琳的房門。

「磅」的一聲巨響，木門並沒有像電影一樣碎裂，不過當下的畫面還是很震撼，就連振霆都被自己給嚇到了。

但將門踹開之後，振霆並未見到發出那些腳步聲的可怕東西，倒是欣琳被踹門聲驚醒，她滿臉疑惑地看著振霆，振霆也皺著眉頭回望著她。

「妳剛剛還在睡喔？難道妳都沒有聽到那些腳步聲嗎？」振霆問。

欣琳歪著頭，似乎不曉得振霆在說什麼。

不會吧？

難道只有我一個人能夠聽見嗎？那這樣的話，有問題的人不就是我了？

不……不可能，我不可能有問題！一定是欣琳知道些什麼，但卻沒有說出來！

憤怒在振霆心中燃起一團熾熱的火焰，他奔向欣琳的睡床，狠狠抓起她睡衣的衣領。

「妳怎麼可能沒有聽到那些怪聲？那些聲音全都是從妳房裡傳來的，妳怎麼可能沒聽到啦！」

振霆吼到欣琳的長髮都快飄了起來，只見欣琳縮著顫抖的身子，雙眼淚汪汪地望著他瞧。

猝然間，房裡的燈開始不規則閃爍，周圍的東西也莫名躁動起來，振霆鬆開雙手，往後退了好幾步，房間像是重力失常，一旁的書櫃、衣櫃、書桌等物全部飄升至半空中，電燈閃爍的頻率越來越快，就像暴風中的狂亂閃電。

再來，浮在半空中的書櫃與衣櫃在一聲巨響下炸裂開來！裡頭的書籍與衣物如煙火般綻放，數十本書籍與書櫃碎裂的殘骸往四周射去，振霆趕緊抱頭蹲下，以免被這些書本砸成滿頭包。

房間頓時砲聲隆隆，事情發生太快，超越人類的想像，振霆只能跪在地上抱頭祈禱自己不要出事。

「喂！樓上是在吵什麼啊？」

父親的咆哮聲從樓梯傳來，振霆嚇得抬頭，發現欣琳的房裡已是一片狼藉，書籍與衣物掉的滿地都是，除了欣琳身處的睡床以外，房間內的書櫃、衣櫃等全都呈現四分五裂的狀態。

「潘振霆！」父親進入房裡，就抓起振霆的衣領吼：「你到底在做什麼？」

「不是我啊！」振霆驚慌地說：「我什麼都沒做！」

「你想說這些是欣琳用的？」

「也……也不是她……」

「那不然是誰？」

「這個……哇！」振霆肚子被父親灌了一拳，他抱著發疼的胃在地上哀號。

父親走到欣琳身旁，撫著她的長髮說：「欣琳，我知道妳很害怕，不過妳可以跟爸爸說這些是誰用的嗎？」

緊抓著自己雙臂的欣琳沒有說話，父親再問：「是不是哥哥用的？」

欣琳還是不發一語，父親隨手拿起掉落在地上的筆記本，說：「不然妳用寫的給我看吧！」

欣琳將父親遞來的筆記本接了過來，而本來以為她是要用寫的，沒想到欣琳像著魔似的，拿著鉛筆的小手竟開始在筆記本上暴走。不久，筆記本的頁面上出現一個黑壓壓的纖瘦人形，不過他頭上還有兩片圓潤的耳朵，有點像米老鼠。只是這隻老鼠人面貌猙獰，銳利如刀的眼神帶出一種不尋常的殺意，能讓人直接聯想到惡魔。

父親神色遽變，向振霆招手，振霆走過去後，父親指著筆記上的老鼠人插畫說：

「是你對吧？」

振霆滿腦問號，不知父親在說什麼，隨後，他才猛然想起自己的睡衣上也有米老鼠的圖案。

靠！這張噁心的老鼠人插畫不會是在指我吧？

「你知道你這做哥哥的，在你妹妹眼裡已經是個醜陋的怪物嗎？」

「可是真的不是我……」

振霆還沒說完，左臉頰就吃下父親重重的一拳。

「你這傢伙到底要欺負你妹妹到哪種程度才會甘心？」

「我沒有！這些事真的不是我做的啦！」

振霆喊到眼淚都噴了出來，不過父親卻不予理會，他狠狠抓起振霆的肩膀，硬是把他拉出欣琳的房間。

被拉下樓時，振霆見母親也在欣琳的房門旁，就向她哭喊：「媽媽，拜託妳跟爸爸說一下啦！我真的沒有在欣琳的房裡搗亂！」

面對振霆的呼救，母親只默默撇開眼神。

拜託！這媽媽到底怎麼當的？兒子明明遭到誤會卻不來解圍，是有沒有那麼冷血啦？

父親將振霆帶到車庫後，對他吼：「從今以後，你就睡這裡好了！」

吼完，父親頭也不回地將車庫內的門鎖上，留下受盡委屈而哭號的振霆。

幽暗的車庫，由於是剛入春的夜晚，所以溫度還是低得足以讓人骨頭發疼。

振霆一邊流淚，一邊想著這些日子以來，他到底有多少次是因為欣琳而遭到莫須有的責罵。

好像只要跟欣琳扯上關係，自己就會發生不幸似的……

振霆握緊拳頭，咬牙切齒地說：「可惡！這份痛苦，總有一天……一定要加倍償還給妳，妳這該死的王八蛋！」

振霆盛怒地撂下狠話後，便任由醜陋的恨意在心中膨脹。

兄妹戰爭

隔天一早，父親因出差的緣故，開車到其他縣市去了。

這是絕佳的機會，就趁這個時候好好教訓欣琳吧！

振霆回自己房間，拿出許久未用的鋁製球棒，將球棒舉起的同時，他還發覺自己真是奇葩，因為自己過去明明很憎恨欣琳，卻從來沒有對她動過一次手。

不過今天，他就要有所突破了！

振霆將球棒拖在地上，快步朝欣琳的房間走去。

由於房門昨晚被踹壞了，所以連關都沒有關。振霆踏入房裡，見欣琳正低頭整理散落一地的衣物，便喊：「喂！妳給我過來！」

欣琳抬起頭，見振霆拿著球棒指著她，臉上不禁浮現驚恐的神情。

「這是妳逼我的！以前我懶得跟妳生氣，妳就越來越為所欲為了是吧？昨天的事，妳明知道不是我用的，卻還是給我睜眼說瞎話？妳是怎樣啦？有創傷症候群就很厲害嗎？我告訴妳，今天不教訓妳，我就是天底下最蠢的哥哥！」

振霆怒吼完，將球棒高高舉起，不過就在揮下去的那一剎那，球棒的棒頭竟然反方向凹折回來，像是有股看不見的異力擋在欣琳前方。振霆緊握球棒的雙手瞬間被這股力量彈開，球棒迅速往後飛去，撞在牆上發出「砰」的巨響。

振霆癱坐在地，瞠目結舌地望著欣琳。

剛剛那是怎麼一回事？欣琳到底是怎麼把他的球棒給彈開的？

而且她又為什麼擁有這種力量？

不行，已經無法思考了……

只要是跟欣琳有關的事，彷彿一切都會被添上一層看不清的霧。

此時，欣琳朝自己慢慢逼近，感受到壓迫感的振霆滿臉堆笑說：「對……對不起啦！剛剛哥哥只是開玩笑，妳別在意，哈哈……」

只見欣琳對自己伸出食指，接著，垂直劃下。

「嗚！」腹部傳來遭利器劃破的劇痛，振霆低下頭，驚見自己的睡衣滲出殷紅的血。

「哇啊啊！這是怎麼回事？」振霆掀開自己的睡衣，驚見自己的肚皮上出現一道垂直的刀傷，他嚇得站起身，抱著發疼的肚子在欣琳的房裡跳腳。

「喂！你在欣琳的房裡做什麼？」

母親的聲音從身後傳來，振霆一見到她，馬上緊抱她的雙腿說：「媽媽救救我！欣琳她想殺了我啦！」

「振霆，你冷靜點！」母親扶起振霆，看著他肚子上的傷口說：「這傷看起來很淺，我馬上幫你處理。」

「什麼鬼！」振霆一把推開母親。「我都被欣琳傷成這樣了，妳還說得這好像沒什麼一樣？」

「唉喲！誰叫你昨天要對她做那種事，難怪她會這麼怕你！」

振霆立地跳躍，憤怒嘶吼：「現在情況都那麼明顯了，妳還要幫她說話？好！很好！我現在就出去給醫生看，只要給他們驗傷，那就會知道這道傷口是欣琳用的，到時候整個鄉都會傳遍優等生欣琳發瘋砍人一事，哈哈！我就看妳那時還能不能繼續幫她說話！」

「你給我閉嘴！」母親賞了振霆一記響亮的耳光。「想要把事情鬧大的話，你倒是給我看欣琳傷害你的凶器在哪裡啊？」

你倒是給我看欣琳傷害你的凶器在哪裡啊？這句話在振霆的腦海裡重複了好幾次。

輸了，徹徹底底的輸了。

雖然不知母親對這件事是怎麼解讀的，但現在振霆總算意識到，自己與欣琳之間的差距有多麼遙遠，無論他怎麼努力，終究也只能被欣琳踩在腳下。

不過就要這樣放棄了嗎？

不，還沒有……

只要今天還有一口氣在，只要今天還沒被轟出這個家，那他就會繼續對抗欣琳！這是一場與欣琳爭奪家中地位、同時也是證明自身價值的戰爭！

＊＊

「這就是我想殺了她的原因，你們理解了嗎？」講台上的振霆持著麥克風問道，台下的聽眾陷入沉默，有的人抱胸，有的人搖頭，有的人皺眉頭。

無法理解。

如此扭曲又違背倫理的思想，到底是要受過何等的家庭教育，才會讓人變得如此自我中心又看不清自身的過錯呢？就連諮商過許多問題家庭的張以芳都沒辦法理解。

還有半夜的嬉鬧聲，失蹤少女突然出現在妹妹的房裡，以及妹妹疑似能夠使用超自然力量，這些又是怎麼一回事？

或許這一切在冥冥之中有某種關連，但對於置身在外的張以芳他們來說就像霧裡看花。也許事情已經遠遠超乎他們能夠協助的範圍，可能需要藉助利牧師的力量才有辦法解決振霆的問題。

振霆忽然鬆開了手，讓麥克風撞到地面發出刺耳的噪音。

「振霆，你怎麼了？」張以芳驚問。

「無法理解……你們無法理解對吧？那就算了，在這裡和大家傾訴好像只是在浪費時間，我要先回去了。」

振霆像面具般的笑臉終於沉了下來，他垂下頭，走下講台。

薇安擔心振霆如果就這麼回去，很可能會做出什麼傻事，於是她伸手抓住振霆的手臂說：「振霆等等！我們再討論一下好不好？你說你家人不認同你這件事，以芳姊她可以幫你跟家人溝通，還有關於你妹妹身上發生的種種怪事，我爸也可以幫你調查清楚，所以……」

「不用了啦！」振霆甩開薇安的手。「家裡的問題我自己來解決就好，你們這些不懂我痛苦的人就別多管閒事了。」

薇安走到振霆面前，張開雙手擋下他說：「振霆！無論發生什麼事，我們都會站在你這邊的，所以拜託你給我們幫助你的機會好不好？」

「還真是熱心啊！就這麼想幫忙嗎？」振霆突然把手放到薇安的胸部上，揉起一手就能掌握的乳房說：「那如果我現在很想打砲，妳也會幫我爽一下嗎？」

「你……你幹什麼啦！」薇安嚇得直接揍向振霆的鼻頭，在旁的少年們見狀，紛紛拍手叫好。

不過振霆被揍之後，身體竟像斷了線的木偶般直接往地上癱倒。

「怎……怎麼會這樣？不會是我打太大力了吧？」薇安雙手摀嘴，不敢置信，張以芳趕緊到振霆身旁，用手指按壓他的頸動脈。

「別緊張，只是暈倒而已，應該跟他最近的睡眠品質有關，所以不是妳的錯。」再來張以芳對一旁的凱賢說：「你幫我扶他起來，我現在馬上載他去醫院，也會想辦法聯絡他的家人，今天的青年之夜就先到這裡吧！」

當張以芳開車載著振霆駛離教會後，凱賢就問薇安說：「薇安，你怎麼會帶這種人來教會來啊？」

「我也不知道，在學校看他人還滿好的，但不知道他實際上居然……」薇安說到一半，潸然淚下。

不過在她心中，她還是認為這不是振霆的本性，如果剛剛振霆說的都是真的，那其實有一部分要歸咎振霆的雙親，而這部份就交給以芳姊處裡吧！至於振霆的妹妹身上所發生的怪事，就只能拜託身為牧師的父親來幫忙了。

第三章

天眼覺醒

醫院

張以芳將振霆載到桐屋醫院後，醫護人員依照救護標準流程將振霆送入急診室。同一時間，張以芳拿起剛才從振霆口袋取出的手機，打開通訊錄，見裡頭有標示媽媽的字樣，便播通該號。

二十分鐘後，一位燙著大波浪捲髮，身穿紫色長裙的婦人出現在急診室內，張以芳聽到她向櫃檯詢問潘振霆的名字，立即上前問道：「您就是振霆的母親吧？」

「是啊！妳是剛剛打給我的張小姐嗎？」

「是的，而您就是振霆的母親吧？」

「是啊！我剛不是說了嗎？」

「抱歉。」張以芳指著耳朵說：「這裡有些吵雜，聽不清楚。」

「沒關係，那振霆他在哪裡？還有他目前情況怎麼樣？」

「剛剛醫生已經評估完了，目前沒有大礙，他會昏倒只是因為過度疲勞而已，現在有幫他吊點滴了。」

語畢，張以芳帶著振霆的母親走到急診室第四張病床的位置，母親拉開隔簾，見昏睡中的振霆，馬上跑去握住他的手說：「振霆！還好你沒事……」

張以芳見到此幕，露出欣慰的笑容。

振霆，你知道嗎？雖然你一直說你的父母不愛你，但現在答案不是很明顯了嗎？

想到這裡，張以芳憶起青年之夜發生的事情，於是她拍拍母親的肩膀說：「不好意思，有關振霆的事想要跟妳聊聊，我們換個地方吧！」

醫院食堂，設計雖然簡單，但四周的店鋪有賣便當的、有賣麵的，還有賣素食的，應有盡有。

張以芳和振霆的母親隨意找個位置坐下，開始講起振霆在青年之夜所說的事，母親聽完，鬱鬱寡歡地說：「他怎麼會變成這樣？居然會說想殺了自己的妹妹……」

「他有提到妳過去幾次都不幫他跟父親解釋，恕我直問，妳是因為對丈夫有所顧慮嗎？」

「妳意思是？」

「就是妳丈夫掌握家中的主權，所以即使妳知道振霆他是無辜的，妳還是無法為他向丈夫辯解。」

母親眼裡閃過一絲憤怒，她說：「妳這誤會有點大，我們家不是妳想的那樣，我先前沒幫振霆解釋，是因為那本來就是他的錯。像欣琳膝蓋受傷那次，還有破壞房間一事，都是他不滿自己被罵，才把氣都發洩在欣琳身上。」

「但振霆本人不是這麼認為，像破壞房間一事，他說是有超自然力量在作祟，而且可能還與欣琳有關。」

「他啊！為了證明自己沒有錯，什麼事都做得出來，像他肚子那道傷口，其實是他自己用的，因為欣琳那麼乖，不可能會做出傷害他人的舉動。」

「就是這點。」張以芳指著振霆的母親說：「你們出什麼事，全部都以欣琳很乖的角度來切入，振霆就是因為你們這樣才會生氣的。」

「妳是想說我們偏愛欣琳嗎？其實並沒有，丈夫對欣琳的態度一樣很嚴厲，像欣琳在聖誕節那事之後，在校成績明顯下滑，丈夫那時就有狠逼欣琳徹夜苦讀呢！」

「這是真的嗎？」張以芳露出不敢置信的表情。

「是真的，就連我都覺得不妥，欣琳年紀還小卻遭遇那種事情……但丈夫卻沒因此放鬆，不過這也沒辦法，畢竟他過去是在軍人家庭中長大的，所以那種思想已經根深柢固。」

「原來如此……」張以芳點點頭。

原來振霆的父親是在軍式教育下成長的，難怪行動上總是伴隨著暴力。

「不過我還是認為你們的教育方式不太妥當，因為時代在變，過去小孩子一犯錯就鞭打的方式已經行不通了。我覺得你們得讓振霆打從內心瞭解，你們其實還是很愛他的。」張以芳說。

「愛的教育是嗎？唉……其實我們也有試過啊！小時候他想要什麼，我們都有給他，可是總覺得他好像感受不到愛，而且也不像欣琳那麼上進，丈夫是擔心他長大以後會後悔，所以才會那麼嚴厲的教導他。」

「但很明顯已經成反效果了吧？沒有感受力的小孩子，常把家人對自己善意的責罵無限放大，他現在思想有多扭曲，妳應該也清楚了，我覺得我們應該要立刻改正這一切，現在方便讓我拜訪妳家嗎？」

「請問要做什麼？」

「我想拜訪您丈夫，順便協助你們開家庭會議。」

張以芳認為，現代很多家庭之所以出問題，就是因為家人很少聚在一起互相聊心事。不過振霆的母親卻說：「我丈夫出差去了，還有我們也不需要外人協助。」

「是嗎……好吧！」

接著，張以芳將一張名片遞給振霆的母親，那是一張印有桐屋鄉教會五個大字的名片。

「我以前曾是社工，現在則在教會當志工，我專門負責青少年的輔導項目，以後有什麼問題可以直接打過來。」張以芳說。

「好，我會的。」

「還有，如果振霆又說家裡發生什麼難以解釋的現象，也可以打給我們，我們牧師有在幫忙處理這類的問題。」

「這就不用了，我們家不信那種東西。」

張以芳笑了笑：「我們教會跟外面那些教會不一樣喔！你們不相信的事物，我們牧師可以讓妳親眼見證，而且他還能看穿人心，像振霆指欣琳身上鬧鬼一事，利牧師可以幫忙看他到底有沒有說謊。」

「謝謝，不過真的不用了。」振霆母親倉促站起身來。「另外謝謝妳載他來醫院，以後如果有空，我會親自上教會還妳這份人情。」

「好吧！那之後再聯絡嘍！」

兩人簡單道別後，振霆母親的身影從食堂中消失。

在剛剛兩人交談時，張以芳能明顯感受到母親的口吻是不悅的，不過張以芳明白，只要是人，都不會想讓外人干涉自己的家務事。但正因為如此，自己才必須主動積極介入才行，否則，可能又會發生什麼無法挽回的悲劇……一想到這，腦海不自覺地放起過往的記憶。

兩年前

「妳從事社工的目的是為了什麼？」

「為了促進這個社會的和諧。」

「妳從事社工的目的是為了什麼？」

「為了讓那些飽受委屈的弱勢族群不再落淚。」

「我再問妳一次，妳從事社工的目的是為了什麼？」

「為了讓人們知道，現實雖然殘酷，但並非毫無希望，只要大家一同努力，依然能在這世界創造幸福美好的生活！」

當張以芳還是市政府社會局的社工師時，每天早上，她都會在鏡子前這樣的自問自答，這麼做不僅是為了激勵自己，同時也是提醒自己勿忘初衷。

擔任社工師這三年來，路程何其坎坷，以往在新聞上讀到的社會案件，從事社工後幾乎每天身在其中，家暴、兒童性侵、逃家少年、攜子自殺等，一千個日子就已看盡人間百態。

但即使這是一條充滿荊棘，行過必遍體鱗傷的道路，張以芳還是不會向這扭曲的世界妥協。因為她相信愛與希望能夠戰勝一切，只要一直堅守這樣的信念繼續走下去，不管遭遇什麼困難都能夠迎刃而解。

「活著，只要抱著希望，就真的能夠一帆風順地活下去嗎？」肩前兩條麻花辮的女孩問道。

「可能無法像想像中的順利，但我知道，如果連一絲希望都沒有，那麼就算那個人還活著，心，也算是死了。」張以芳回道。

在那被夕陽染紅的天幕下，張以芳與女孩在公園裡盪著鞦韆，女孩的名字是鐘欣惠，今年十四歲，剛升國三，是張以芳這次處理家暴案件的案主之一。另一位案主是鐘欣惠的母親，她因長期遭丈夫施暴的關係，患上很嚴重的憂鬱症。

當張以芳從市警局接獲本案後，到達現場，只見公寓的套房裡滿是酒瓶的碎片。

經深入瞭解，得知男主人有酗酒陋習，只要酒瘋一來，就會毆打鐘欣惠與她的母親，而這樣的情況已經持續一年之久，隔壁的鄰居受不了半夜的咆哮與哭聲，因而報案。

在男主人因保護令被迫隔離後，由於少了一份收入，母女倆只能依靠母親在自己公寓擔任清潔員的微薄薪水過活，因此生活可說是更加艱辛。張以芳為了讓她們生活能夠回到正軌，所以即使到了下班時間，依然還是會去拜訪鐘欣惠的家。

不過有天，鐘欣惠突然離家出走，張以芳費了好大的勁，才在市裡的某座公園內找到了她。

「為什麼不回家呢？妳媽媽很擔心妳喔！」張以芳輕輕盪著鞦韆，對著一旁的鐘欣惠問道。

「那種家……回去也只是傷自己的心而已。」鐘欣惠將腿伸直，使鞦韆越盪越高。

原來，鐘欣惠的母親因憂鬱症的關係，時常在嘴邊囔著：「要不要和我一起去死？」之類的話，這讓鐘欣惠感到不安，她覺得如果再繼續待在家裡，總有一天真的會被母親帶離這個世界，因此才會連夜逃家。

不過一個只有十四歲的女孩子是能夠去哪裡呢？

張以芳認為鐘欣惠到處在外遊走也不是辦法，於是開始積極幫她的母親解決憂鬱症的問題；在看過幾位心理諮商師，使用藥物治療一段時間後，母親的憂鬱症總算有所改善。

但，即使母親的問題解決了，鐘欣惠還是常常在外遊蕩。

一個盛夏的夜晚，張以芳與鐘欣惠在河堤上散著步，帶點涼意的微風輕拂過兩人之間，張以芳問：「為什麼不去學校？妳媽媽辛苦賺錢，就是為了讓妳能好好念書啊！」

鐘欣惠鼓著嘴說：「因為學校的同學總是笑我又窮又土，所以我討厭去學校。」

「那我去你們學校跟老師談談，讓他們幫妳轉到風氣好一點的班級好嗎？」

鐘欣惠搖著頭說：「行不通啦！窮人不管到哪裡都是窮人，一輩子只能被人欺負。」

「所以妳媽媽才會要妳用功讀書啊！只要妳好好念書，考上不錯的學校，那將來一定能找到一份薪水不錯的工作，到時候就能跟現在這貧窮的日子告別了。」

「唉喲！妳說的這些我都知道，只是我……」

「嗯？」

「我在交際這方面不太行……」

「怎麼這麼說？妳長得那麼可愛，如果能夠活潑一點，一定能交到好朋友的！」

「別……別這樣說啦！」鐘欣惠的臉頰染上一層紅暈。

「做人要有自信！」張以芳勾起鐘欣惠的手臂，將她抱在身旁說：「如果連自己都不肯定自己了，那別人又怎麼會肯定妳呢？」

「但是我……我覺得人好可怕，不知道他們到底都在想些什麼……啊！當然不包括妳啦！」

見鐘欣惠強顏歡笑的模樣，張以芳不禁在內心嘆了口氣。

經歷家暴的小孩，對他人總會產生不信任感，但是……

「這個世界除了我，也是有其他好人的喔！」張以芳摸著鐘欣惠的頭說：「我要妳去學校，就是希望妳能夠體會這世界的美好，相信我，交到知心的朋友絕對是這世上最快樂的事情之一，所以妳別想這麼多了，轉班的事情我會幫忙，妳就好好充足自己的自信心吧！」

「嗯，謝謝妳！」鐘欣惠跑到張以芳的面前，對她露出燦爛的微笑說：「能夠遇見妳，我真的很開心！」

不得不說，那是張以芳有史以來感到最有成就感的一次，能夠聽到如此真誠的道謝，就覺得自己當初選擇的道路果然是對的。

後來，張以芳成功讓學校同意鐘欣惠轉班，讓鐘欣惠再度返校就讀。而經濟問題，也因為有幫她母親申請到清寒補助，她們母女倆的生活才總算回到正軌。

不過本以為一切都將步入美好的結局，直到兩個月後，張以芳在辦公室接到學校打來的電話，才發覺自己當時竟犯下了無法挽回的錯誤。

很多時候，人都以為自己已經盡了自己的本份，但真正的事實是，我們付出的永遠不如自己所想的那麼多。

在張以芳趕到鐘欣惠的學校後，只見校門口已被各大新聞台記者擠得水洩不通，現場的警笛與救護車的聲音響徹雲霄；數名警察將擋在校門前的記者推開，讓醫護人員能夠從裡頭抬出擔架。

被抬出的擔架總共有四張，上頭躺著三男一女，他們的制服均染上一片血紅，臉上盡是痛苦。

行凶者是鐘欣惠。

當天，她持著水果刀，先是殺害一名林姓同學，再奔向倉皇逃跑的人群中隨機傷人。根據警方調查，鐘欣惠在校行凶的動機很可能與霸凌有關，之後警方更發現，鐘欣惠在到校行凶以前，就已經殺害了她的母親，其動機不明。

張以芳無法理解，為什麼平時乖巧溫馴的鐘欣惠會做出這種事來，明明已經幫她轉班了，也讓她們家不用再擔心經濟問題了，照理說應該要朝幸福快樂的結局邁進啊！為什麼……為什麼一切都亂了套呢？

也許在鐘欣惠到校行凶前的那一晚，曾對身上滿是鮮血的母親說：「對不起……但我現在還不想死……」

也許在鐘欣惠拿水果刀殺害母親之前，母親曾拉著鐘欣惠的手到陽台說：「既然活得那麼痛苦，不如一起跳下去吧？」

也許在母親拉著鐘欣惠到陽台之前，曾對手臂滿是瘀痕的鐘欣惠說：「又被人欺負了吧？有這樣讓人瞧不起的家，媽媽真的很對不起妳……」

也許在鐘欣惠回到家之前，曾對衣衫不整的自己說：「沒關係的……只要心中還有希望，那無論遇到什麼困境都能戰勝……」

也許在放學前，學校的林姓同學曾對嘴角滲血的鐘欣惠說：「馬的！像妳那種破爛家庭，有人要妳就不錯了！反正到頭來還不是要賣身？不如先給我比較實在。」

也許在一個月前，學校有某位同學曾對鐘欣惠說：「喂！上次發酒瘋砸我爸爸店的是不是妳爸？別給我裝蒜，我認識以前跟妳同班的同學，她們可是有見過妳爸喔！」

也許，在張以芳遇到鐘欣惠之前，幫助他人的熱情早已被現實的苦悶消磨殆盡，要不然為什麼自己在這兩個月以來，都沒再去關心鐘欣惠一次？

在親眼目睹鐘欣惠從學校頂樓跳下的那一刻，張以芳才察覺自己一路走來，其實都是在自欺欺人。

還說什麼聽到如此真誠的道謝，就覺得自己當初選擇的道路果然是對的，其實根本只是因為不想承認自己已經向現實妥協，才會把自己裝得很欣慰而已。

沒錯……自己是知道的，現實不存在美好結局，每當解決一個問題時，就會有另一個新的問題誕生。人生的難關，永遠闖不完，所以當案子告一段落就不再追蹤下去，這樣才能維持住自己美麗的幻想。

但諷刺的是，幻想往往比現實還要早逝去，人在希望破滅後，才會理解到幻想也有極限，而現實不存在所謂的終點，所以人總有一天還是要面對現實。

在鐘欣惠自殺之後，張以芳再也不會對鏡子做虛偽的自問自答，因為已經沒有那個必要。

萬念俱灰的她，開始沉浸在酒精帶來的麻痺中無法自拔，甚至還多次產生自殺的念頭，自殺未遂了好幾次，直到遇見了利牧師，她的情況才有所改善。

而現在，在教會聽到振霆所說的故事後，她發覺自己若是再對眼前的事情視若無睹，那麼一定又會導致悲劇發生。

過去利牧師曾對自己這樣說過，這世界萬物都是息息相關的，只要我們有所行動，就算發出的力量多麼渺小，一樣還是能對這個世界產生影響。因此，我們遇到困難絕對不能逃避，因為如果什麼事都不做，那麼就連引發奇蹟的機率都沒有了。

鐘欣惠正是因為自己自欺欺人且無所作為才會死去的，然而，既然現在已經明白阻止悲劇的方法，那就一定要好好努力才行！

絲線

振霆睜開雙眼，感到有些訝異，會驚訝不是因為自己身處在醫院，而是這是他在這些日子以來，首次不是因為惡夢而醒來的早上。

看向左邊，母親就趴在自己身旁熟睡著。

振霆伸出手，搖了搖母親的肩膀，母親倏地起身，露出擔憂的神情說：「振霆！有感覺好一點了嗎？」

「嗯，不過妳頭上怎麼有奇怪的東西？」振霆對著母親頭上皺眉頭，母親抬起頭看，卻什麼也沒看見。

「妳沒看到嗎？就在這裡啊！」振霆伸出手，做出像是要抓住某種東西的姿勢，因為他看見了，母親頭頂上有一條細長的絲線，絲線散發著淡淡的黃色光芒，並延伸至急診室的天花板上。

不過正當他要抓住那條絲線時，母親卻握住他的手說：「振霆你別再開玩笑了，你知道媽媽有多擔心你嗎？」

「是喔？」振霆心不在焉，依然呆望著那不可思議的絲線。

「振霆！」母親低聲吼道，將振霆的注意力吸了回來。「我都聽教會的人說了，你是不是說你想殺了欣琳？」

「喔……對啊！我是有這樣說過。」

「你怎麼可以說這種話？你知道你有妹妹是多麼幸福的一件事嗎？現在可不是每個人都有妹妹啊！」

「噗！像這種老是害我被打被罵的妹妹我才不要勒！就送給整天幻想有妹妹的妹控肥宅吧！這樣我還可以積陰德呢！」

「媽媽跟你講正經的，你別用這種吊兒郎當的態度對我！」隨後母親嘆了口氣。

「唉……我知道你很討厭欣琳，是因為我們管教方式不太妥當，但是你自己也要明白，你現在都快升高中了，思想也要跟著成熟點，不要什麼事都只會怪別人。」

「呵呵，妳也知道你們管教不妥當喔？不過我有錯怪你們嗎？你們就真的比較偏愛欣琳啊！這些年來，我可從沒見過爸爸打過她一次。」

「這我要澄清一下，其實你爸爸對欣琳也是很……」

母親話還沒說完，振霆就掀開病服說：「還有這道傷，妳看！欣琳都對我做出這種事了，但妳居然還讓那個巫婆待在我們家？」

「振霆，我不太想戳破你，不過那是你自己弄的吧？」

「不是啊！我幹嘛無緣無故傷害自己？」

「媽媽也不懂你幹嘛自殘，不過能不能別說這件事了？」

「吼！妳看看妳！」振霆激動地說：「只要提到欣琳就想逃避，這不是偏愛這是什麼？」

「你少給我胡說八道！」母親震怒。「你說我們比較愛欣琳？好！那我問你，你之前說你想要升級電腦顯示卡，我們有沒有買給你？」

振霆沒有回答。

「你之前看海角七號，吵著要學電吉他，我們後來有沒有讓你去學？」

振霆沒有回答。

「還有你去年暑假說想去東京迪士尼玩，我們有沒有帶你去？」

振霆沒有回答。

「你對我們提出的要求，我們都有做到，但我們對你的要求你有做到嗎？像考試部分，你爸爸他可是只要求你考及格就好了喔！可是你後來考試都考幾分，你自己說！」

振霆沒有回答。

母親怒拍病床大喊：「不要都不說話！抱怨的時候很會罵，現在怎麼都不講話了？」

「啊啊啊——！」振霆不耐煩放聲大叫，四肢胡亂在病床上揮舞，其姿態就像翻肚的金龜子。

這時，病床的隔簾被掀開，一名年輕的護士進來問道：「怎麼了？你們沒事吧？」

母親捏著眉頭說：「抱歉，小孩鬧脾氣而已。」

「瞭解，不過可能要請你們小聲一點喔！因為這裡還有其他病患。」

「對不起，我會注意的。」接著，母親站起身，向護士問：「那請問他大概哪時候可以出院？」

「這個嘛……雖然目前看來是沒有問題，不過以防萬一，我們還是會建議他留下來觀察一天比較好喔！」

「這樣啊！好吧……」母親轉過頭對振霆說：「現在七點多，我要回去載欣琳上學了，晚上我還會再過來，這段時間請你自己好好反省一下，晚上我來的時候，我只想跟成熟的振霆談話，懂嗎？」

振霆撇過頭去，母親見狀，只能搖頭，但既然沒辦法溝通，再多說什麼也沒有用，於是她便抱著無奈的心情離開急診室。

「對媽媽居然這種態度，真是小屁孩一個。」

「什麼！」

振霆翻過身來，卻只見護士用著疑惑的神情說：「怎麼了嗎？」

「不……那個，妳剛剛有說什麼話嗎？」

「沒有喔！」護士露出親切的微笑。

「是嗎？」振霆挖挖耳朵，想說是自己聽錯了，不過護士頭上有一條細長的絲線這點，他絕對沒看錯。

跟剛才的母親一樣，絲線延伸至天花板，但發出的光芒不太一樣，這位護士的絲線比較偏向紅色，是有什麼特別的含意嗎？

不，現在要先問的，應該是那到底是什麼東西才對吧？

「唉！我頭上是有什麼東西喔？不然這小屁孩幹嘛一直望著那兒瞧？」

「咦？妳……妳剛剛……」振霆戰戰兢兢地指著護士，因為剛剛護士沒有動口，振霆卻能清楚聽到她的聲音。

難道是腹語術？

「嗯？我剛剛怎麼了？」護士微笑地問。

「不……沒什麼。」

「那稍後會有其他護士幫你轉到一般病房，你先不要亂跑喔！」

護士說完後，旋踵離去。

振霆此時腦海只有一個想法，那就是……

現實總是比小說還要離奇！因為自己似乎能夠聽到別人內心的話！雖然不曉得是什麼原因造成的，但肯定跟他們頭上那條絲線有關。

量子觀測者

振霆轉入一般病房後，利用去食堂吃飯的時間觀察醫院的人群，他發現絲線的顏色因人而異，不過大部分的病患都是呈現紅色，自己照鏡子時，也發現自己的顏色是黃色偏紅，而且還分成兩條。

然而，醫生跟護士就不太一樣了，他們的絲線五彩繽紛，有藍、有綠、有紫，不過偶爾還是會看見頭頂上是紅色絲線的護士。

但，這些顏色到底代表著什麼意義呢？

他人的心聲，有時會像收音機收訊不良一樣模糊不清，有時卻像身處跨年晚會現場一樣吵雜，而在腦海有大量聲音湧入時，有幾次還差點讓振霆昏倒在醫院的走廊上。

難以控制。

這是一個難以控制的能力，而且內心很容易因他人的心聲而煩躁，因為醫院的病患們都在趕時間，他們時不時在心中抱怨道：「前一個患者怎麼看那麼慢！」，或者「看診室的報號機，到底何時才會叫到自己的號碼？」諸如此類的心聲。

雖說如此，不過振霆還是很開心，因為自己總算也有特殊能力了！

哈哈！看來就算家人背棄我，神還是站在我這邊啊！

這樣一來，欣琳就算再跟我搞鬼也都瞞不過我了，等我出院，一定要用這股力量挖出她內心作惡的一面！

傍晚，夕陽的光輝從窗口映入病房，振霆從醫院的書局買了本筆記，在裡頭整理今天一整天在醫院收集到的各種資訊。

振霆整理筆記時發現，紅色的絲線很可能是代表憤怒，因為那些心裡很不耐煩的患者幾乎都是紅色的，黃色則可能代表高興，剛剛從一位身穿西裝的男子身旁經過時，振霆聽到他在內心說：「那老傢伙終於斷氣啦！太爽了，這下房產都是我的了！」而他頭上的絲線正好是黃色的！

這樣想想，早上剛見到母親時，她絲線的顏色也是黃色呢！不過在跟自己吵架的時候就變成紅色的，看來這些顏色真的是代表此人當下的情緒。

「振霆。」

聽到有人喚自己的名字，振霆放下筆記，就見到一位留著自然捲短髮的貓眼女孩。

是利薇安，看她身穿校服還揹著書包，應該是放學後直接過來的吧？不過她來是要做什麼？

「昨天的事，對不起。」她消沉地說。

咦？她為什麼要跟我道歉？振霆皺著眉頭，對於昨晚的事，自己好像才是該道歉的人。不過我才不會跟她道歉勒！倒是要感謝她讓我初次體驗到女生的胸部是有多麼柔軟。

「那個……以芳姊她也有來，不過她還在找車位，等一下就會上來了。」

「喔！妳們來幹嘛……等等！妳們是想要繼續昨天的話題對吧？」

薇安點點頭說：「來這裡的路上，我有和以芳姊討論過了，她說你爸媽對你的教育似乎有些問題，還有你媽媽不相信欣琳身上鬧鬼一事，所以……」

振霆攤開手掌說：「我現在不想聽這些！倒是妳聽我說，我今天早上突然獲得特殊能力！」

「咦？」

「妳是牧師的女兒，所以妳應該相信這種超自然的事吧？」

「是沒錯啦！但你說的特殊能力是指什麼？」

振霆賣個關子。「妳先在心裡隨便想一隻動物。」

「嗯，然後？」

「這樣就好了，嗯……我叫妳想動物就趕快想一個啊！不要一直在心裡納悶我到底想幹嘛好不好？」

「抱……抱歉！我馬上想。」

隨後，振霆笑著說：「是羊駝對吧？」

水潤的雙眸放大，薇安驚訝地說：「對！不過你怎麼知道？」

「這就是我的特殊能力，我可以聽見別人內心的聲音。」

「聽見別人的心聲！」薇安突然站起身，指著自己頭頂上那條橙色的絲線說：「那你是不是也能看到我頭上的絲線？」

「咦？對啊！」這次換振霆驚訝了，他問：「難道妳也有這種能力？不然你怎麼知道我看得見絲線？」

薇安搖搖頭說：「我沒有這種能力，不過我爸爸有在做這方面的研究，他還將擁有這類能力的人稱為『量子觀測者』。」

「量子觀測者？怎麼聽起來好像是從科幻片裡跑出來的東西一樣？而且，我能聽見心聲又跟量子有什麼關係？」

「振霆，你知道量子是什麼嗎？」

「就是指物質的最小單位對吧？也就是無法再進行分割的粒子。」

「你……是直接讀我的心知道的對吧？」

「哈哈！被發現了。」

「那我直說了，這世界的一切，像你現在躺的病床，還是你眼前的我，都是由極微小的粒子所構成的，粒子無所不在，就連我們的意識也是由粒子組成的能量體。像你現在看到的這條絲線就是代表我的意識，所以當你在觀測這條絲線的同時，也能夠接收到我在裡頭傳輸的訊息，而這些訊息即是我的心裡話。」

振霆雙手交叉在胸前，點著頭說：「原來是這麼回事，不過既然這些絲線代表的是人的意識，那為什麼它們全部都向上延伸啊？人的意識不是應該存在於腦袋裡嗎？」

「人腦只不過是意識的接收器罷了，我們的意識其實存在於更高維度的空間，我爸將之稱為『零點能量場』。這條絲線你可以把它當作是連接那端的傳輸線，所以如果我死了，這條絲線也就會跟著斷了。」

「換句話說，我看到的這些絲線就是我們平時所稱的靈魂對吧？」

「沒錯。」

「但這麼一來，這世界的真理不就跟你們信仰違和了？」

「沒有喔！我們依然相信造物主的存在，也瞭解這世上確實存在黑暗勢力，所以即使世界的真貌與聖經所寫的不太一樣，但聖經所給我們的教誨依舊不會改變。因為我們基督教的主旨本來就是傳播福音，勸人為善，因此並沒有違背信仰的問題。」

「是喔！我還以為基督教徒都是些厭恨科學的偏激份子呢！」

「確實是有啦！但你知道基督教其實也分歧成很多派系嗎？像我爸爸就是屬於支持科學與宗教合一的『全鏡』教派。所謂全鏡，意思就是科學與宗教本身各代表一面鏡子，而在這兩面鏡子互相對照時，才能顯現出這世界的真實樣貌。」

「原來如此，那我怎麼會突然有這種能力？」

「你最近曾有過瀕死經驗嗎？」

「瀕死經驗……」

振霆想了想，在聖誕節與周勝翼的那場死鬥，應該算是近期他最接近死神的一次。

「其實是這樣子，當我們死的時候，我們的意識會回歸到零點能量場，而因為少了肉體限制的關係，所以我們將能夠看見，也能夠理解存在於更高次元的資訊。但瀕死狀態並非是完全死亡，人在瀕死的狀態下，其實還是有一絲的意識連接著我們的腦，那麼，如果我們此時將在零點能量場理解的一切傳回腦內，那我們醒來後會發生什麼事呢？答案就是，我們將會以更高維度的角度來看待我們原先的世界，也就是以更高次元的思維理解這個世界，我爸爸說，厲害的量子觀測者甚至能夠透視未來呢！」

「越說越誇張，還透視未來勒！你們教會難道是什麼邪教之類的嗎？」

「振霆，少說一兩句髒話不會要了你的命。」

「哈哈！抱歉，我已經習慣這樣說話了，話說回來，我的天眼怎麼會到現在才覺醒？」

「天眼？喔……也是有這種稱法啦！不過你說到現在才覺醒是什麼意思？」

「就是我最近一次的瀕死經驗是在去年聖誕節，但現在已經三月了耶！我的天眼怎麼隔那麼久才覺醒？」

「關於這點，並不是經過瀕死經驗就能夠馬上擁有這種能力，我們的大腦也要有時間消化這些突然多出來的資訊啊！不過我爸是有說過，智商高的人，因為理解能力好，所以開竅的比較快，反之，智商較低的人，他們的腦很有可能一輩子都無法理解瀕死時，從零點能量場上帶下來的資訊。」

「所以現在才覺醒的我智商不高嗎？算了，我承認我理解能力的確很差，妳剛說了一堆我還是搞不懂，我看還是直接去找妳爸比較實在。」

「好啊！他會很歡迎你的，也順便帶你妹妹來吧！他可以幫忙看看你妹妹是不是遭到什麼不好的東西附身了。」

「欣琳就算了吧！她是我妹妹，我自己解決就好。」

「咦？振霆，你對你妹妹好像很執著的樣子呢！」

「這是正常的吧？誰叫她老是給我添麻煩。」

「我不是這個意思，呃……該怎麼說呢？通常發現自己家人身上有什麼不對勁，應該都會積極尋求他人協助吧！但你卻一直想一個人獨自解決，為什麼？」

「因為你對你妹妹有很深的罪惡感，所以才想要自己來彌補一切對吧？」

「以芳姊？」薇安轉頭，就見張以芳舉起手跟她打聲招呼。

「妳這話什麼意思？」振霆嗓音壓得老低。

「其實從你昨天說的話中，我就有發現這一點了。」張以芳走到振霆的病床前說：「如果是一般人，碰到家人身上鬧鬼早就嚇得跑去求神問佛了，但你卻相反，在這些日子裡你都是獨自面對這些。因為在你潛意識中，你想彌補自己在聖誕節因一時疏忽而造成的悲劇，所以才會對妹妹特別執著。」

「等一下！妳是不是誤會什麼了？我可是恨欣琳恨到想殺了她啊！哪來什麼罪惡感？」

「想殺了一個人，並不代表對她有所恨意，我就直說了，你口中所謂想殺了她，其實是指想殺了現在遭創傷症候群所苦的她。」

「什麼啦？越來越聽不懂妳在說什麼鬼……」

「當你真的很愛一個人的時候，看到她受苦，你也會覺得很難受，而為了斬斷這份痛楚，才會讓你產生殺了『現在受苦的她』的想法。」

振霆實在受不了張以芳的胡言亂語，索性透視她的內心，隨後，他想到一個有趣的點子。

「喔！是鐘欣惠告訴妳的嗎？」

這名字貌似是張以芳的地雷，當振霆將這句話說出來的那一剎那，張以芳頭上的絲線就瞬間從藍色轉為紅色。

「你……你怎麼會知道她……」

渾身發抖的張以芳看了薇安一眼，振霆便搖頭說：「不是她說的啦！是我直接讀你的心，懂嗎？」

「讀心？」

薇安點頭說：「那個……振霆他是量子觀測者，剛剛有確認過了。」

「量子什麼的先放一邊吧！」振霆在病床上抬起上身，伸手指向張以芳說：「倒是妳！說什麼我有罪惡感之類的，我看是妳對那個鐘欣惠才有罪惡感吧？還說什麼要幫助我，噗！不要笑死人了！妳只是把我當成心理創傷的的療癒劑而已吧？」

「不是的！我沒有這樣想……」

張以芳發抖的雙腿逐漸向後退去，振霆跳下病床，走上前向她逼近。

「別狡辯了！妳頭上的線越來越紅了喔！怎樣？被我點出事實感到很不爽嗎？」

「振霆，你不要再說了！」薇安從後拉住振霆的手。「紅色的絲線代表著負面情緒，不只是生氣，自責、悲傷、絕望等也都會呈現紅色，所以你能不能不要再說了？」

「妳滾一邊去啦！」振霆將薇安的手甩開，薇安一個重心不穩摔倒在地，振霆轉回頭，繼續對張以芳咆哮：「連自己的事都處理不好，還敢說要幫我？真是夠了！說什麼這次要好好面對現實，但是妳幫助我有什麼用呢？鍾欣惠是被妳害死的這個事實依舊沒有變啊！」

「振霆！我並不是因為想改變什麼才幫助你，我只是……」

「都搞出三條人命了，妳還說只是怎樣啦？難道現在連我都想害死嗎？我告訴妳，妳再繼續胡說八道，我馬上從這裡跳下去給妳看！」

「對不起！我知道錯了！」張以芳頭上的絲線變得又深又暗，她聲淚俱下地說：「所以你可以停止了嗎？求求你……我不想再陷下去了……」

振霆嘴角上揚，樂在其中，他將雙手放在張以芳的肩上，逼她注視自己的眼睛。

「如果不想陷下去的話，那妳現在就給我在這向鐘欣惠懺悔！」

「嘔噁噁——！」

張以芳吐了，過去的記憶太過絕望，身體承受不了這龐大的壓力而做出反彈，振霆見到此狀，整個人笑開懷。

透視心靈的能力就是要這樣玩啊！等他出院後，他一定要用這招來教訓欣琳。

突然感覺有人在點自己的肩膀，振霆轉頭過去，一個書包迎面撞來，振霆登時眼冒金星，緊接著一個踉蹌，竟然跌到張以芳的嘔吐物之中。

「夠了振霆！你這次真的太超過了！」薇安火冒三丈。

振霆抬起沾滿濃稠胃酸跟一片小黃瓜的臉大叫：「很痛耶！妳是打屁喔？」

薇安板著臉說：「你知道以芳姊過去曾自殺未遂嗎？」

「當然知道啊！有這份能力，我什麼都能知道！」

「那你為什麼還對她說那樣的話？傷害他人就這麼好玩嗎？」

「明明是她先在那胡扯說我愛我妹之類的，不要什麼錯都怪在我身上啦！」

「振霆，你……」薇安雖然沒有把話說完，但振霆仍是聽到了……

「你真的是個無可救藥的混蛋！」

「妳罵什麼？」振霆握起拳頭，本來是想一拳給她揍下去，但腦海此時忽然傳來一陣劇烈的疼痛，像是有人拿著刀狠狠刮著他的頭蓋骨，讓他痛到抱著頭在地上直打滾。

薇安見振霆的身子拱成了弓形，憤怒的情緒立即轉為惶恐。

「振……振霆？你還好吧？是不是我剛剛打得太大力了？」

振霆仍然緊抱著頭，一語不發。

不，是痛到連話都說不出來了。

「我馬上去找人來，你先撐著點！」薇安說完後，立刻奔出病房。

全面失控

緊張的薇安帶著護士跑回振霆的病房，結果才剛開門，一個人影猝然從身旁竄過。

是振霆！但他莫名其妙用著四肢在地上爬行，就連薇安身旁的護士都嚇了一跳。

「他是怎麼了？」護士臉色蒼白地說。

「他的頭剛被我打了一下……」薇安此時突然想起什麼，向護士指著病房裡的張以芳說：「抱歉，妳可以先幫我看看她有沒有怎樣嗎？」

護士見癱跪在地的張以芳身前有嘔吐物，馬上奔上前問：「妳沒事吧？我馬上幫妳找醫生來。」

同一時間，薇安朝著振霆剛奔離的方向全力追去。

絕不會錯的！振霆剛剛那個模樣，就是以前父親所說過的「附身」！

所謂附身，是指活人遭外界的能量體侵入腦內而被操縱的情況，其特徵是性格會突然大變，力氣變得力大無窮，或是做出常人無法理解的事情等。

歷史上最有名，同時也是美國官方唯一承認的惡靈附身事件的受害者——安娜莉絲·米契爾在被附身時，就曾有過食蟲飲尿的怪異舉動。

薇安看振霆在地上爬行的姿勢像條狗，懷疑他是被某種動物的惡靈給附身了！

她邊追著振霆，邊回想父親所說的話。

民間所說的惡靈，其實就是指存在於三度空間之上的意識能量體，祂們渴望擁有人體後才能感受到的愉悅，才會一直想趁我們意識薄弱時佔據我們的腦。而量子觀測者是容易被附身的高危險族群，因為他們正好處在一種意識連接不穩定的狀態。

人們常說，具有靈異體質的人容易遭鬼纏身，正與上述有相同之意，不過惡靈附身通常會有潛伏期，那振霆他到底是何時就被附身的？

薇安抱著疑問跑到醫院大廳，在大廳等候的患者見振霆像條瘋狗在地上爬，紛紛跳起來驚聲尖叫。跑出醫院後，振霆無視大門前的紅綠燈，直接闖入車水馬龍的馬路中，使得喇叭聲直衝天際，薇安緊追在後，還用在田徑社練出的身手翻過一輛客車的引擎蓋。

兩人穿過車群到達對面人行道後，振霆仍不停用著四肢向前奔跑，薇安擔心他繼續跑下去會鬧出大事，趕緊拿出手機撥通電話。

「喂？爸爸！你現在人在哪裡？」

電話另一端傳來低沉的嗓音說：「我在火車上，約十分鐘就會到站了，聽妳口氣很緊張，出什麼事了嗎？」

「我同學被附身了，我現在該怎麼辦？」

「被附身？能判斷出是哪一類型的嗎？」

「我想應該是獸靈！」

話才剛說完，振霆又再次闖了紅燈，薇安冒著生命危險追了上去，結果一輛貨車撞了過來，當場把薇安撞倒在地，還好貨車的速度沒有很快，薇安只受了點皮肉傷。

「喂！妳有沒有怎樣啊？」一名騎著腳踏車的婦人上前關心，薇安見振霆的身影逐漸遠去，情急之下，竟強行將婦人從腳踏車上給拉下來。

「妳幹什麼啦？」

「抱歉！我之後一定會還妳！」

父親擔憂地問：「薇安！妳那邊發生什麼事了？」

「我剛搶走一名婦人的腳踏車，不過我是為了我同學，所以耶穌應該會寬恕我吧？」

有了腳踏車，對運動神經好的薇安來說簡直如虎添翼，一轉眼，她再度追上振霆，父親此時說：「被附身的人，如果一直朝某個方向前進，肯定是要去那裡做什麼事，妳先繼續追著他，等他停下來後再跟我說位置在哪。」

「好！」薇安使盡全力追著振霆，兩人就這樣你爬我騎的闖了五個紅綠燈。之後，振霆在一棟民宅前方停下步伐，薇安直覺這裡就是他的目的地，她跳下腳踏車，跑到振霆身旁說：「振霆！你聽得見嗎？是我利薇安啊！」

恢復人類站姿的振霆沒有回應他，只是用著很僵硬的動作按了那棟民宅的門鈴。

看來他的目的地真的是這裡了，薇安將民宅上的地址報給父親，父親隨即說：「那邊離車站很近，我待會兒就到站了，所以如果發生什麼事，妳千萬別插手！」

「咦？但是你之前教我的那些技巧，不就是為了用來應付這種狀況嗎？」

「獸靈不能與一般的惡靈相提並論，我以前不是說過了嗎？反正妳乖乖等我就對了！」

此時，民宅的大門開了，前來應門的人是名燙著大波浪捲髮的婦人，她一見振霆，便露出驚訝的神情問：「振霆你出院了？不過你怎麼還穿著醫院的病服？」

振霆沒有理她，而是直接撞開婦人的肩膀，婦人神色不悅，抓住振霆的手臂說：「喂！媽媽問你話，你給我好好回答啊！」

原來此人是振霆的母親。

「那個……」薇安走向前說：「他現在被附身了，所以聽不到我們說的話，不過別擔心，我爸等一下就會來了。」

「什麼附身？」

見振霆的母親挑著一邊的眉頭，薇安才想起她是在跟一般民眾對話。

「啊！這個……該怎麼說呢？反正我爸等一下就會來處理了，哈哈……」薇安苦笑。

「聽不懂妳在說什麼，不過妳是振霆的同學嗎？看妳穿跟他學校一樣的制服。」

「喔！對啊！我是他的同班同學，我叫利薇安。」

「利薇安？就是帶振霆去教會的那個人？」

「是的。」薇安點頭。

母親放開振霆的手，走到薇安面前說：「為什麼要帶我兒子去教會啊？就是因為去了那種怪力亂神的地方，他才會昏倒！」

「對……對不起！可是我看他最近常遭惡夢困擾，所以……」薇安說到這，腦海猛然想起一件非常重要的事！

惡靈要成功佔據宿主的腦，就必須要先與宿主的意識融合，因為每個人的腦都有其對應的意識能量。所以如果有外來的能量體侵入，大腦就會產生排斥反應，惡靈必須將自己偽裝成是宿主的意識能量，才不會遭到大腦反彈，而要騙過宿主的大腦，就必須利用夢境！

做夢是大腦整理日常所接收到資訊的一種行為，如果惡靈利用宿主大腦在整理資訊的時候，一點一滴地將自己的想法滲入其中，久而久之就能夠慢慢影響宿主的思想，並進而與宿主的意識同步。但就如前言所提，大腦會對外來的意識能量產生排斥反應，所以被附身的人通常都會有受惡夢困擾的跡象，因為那正是大腦對宿主發出的警訊！

而如果惡夢的夢境等於惡靈的目的，那麼被附身的振霆所要做的事情將會是……

「糟糕！」薇安抓著振霆母親的雙臂問：「妳女兒現在人在哪裡？」

「在廚房吃晚餐啊！怎麼了？」

「快攔住振霆！絕不能讓他見到妳女兒！」

語音剛落，瓷器摔破的聲音從屋裡傳了出來，薇安趕緊奔入室內，接著，讓人倒吸一口氣的景象映入眼簾。

一名嬌嫩的長髮女孩，她的左胸直直插著一把西式菜刀，鮮紅的血從中滲出，一下就將潔白的制服染成一片鮮紅。

站在女孩面前的，是雙眼無神的振霆，而他的手正握在那把刀的刀柄上。

振霆的母親闖入廚房，見自己的兒子殺害自己的女兒，臉色霎時變得慘白。

「咦？！」

振霆突然發出一聲驚鳴，他的意識恢復了！

「我怎麼會在這裡？還有這是怎麼回事啊？」搞不清狀況的振霆放開手持的刀柄，眼前的女孩便直接往地上倒去。

振霆的母親跑到振霆面前，猛搖著振霆的身子怒問：「你為什麼要做這種事？你為什麼要做這種事啊？」

「不是我！我什麼都不知道啊！」

廚房陷入一片混亂，薇安跑到欣琳癱倒的身軀旁，對振霆他們兩人說：「不管怎樣，先叫救護車吧！」

「不用了，就讓我這樣子吧！」

「咦？」薇安、振霆與她的母親同時發出一聲疑問。

只見欣琳緩緩從地上站起身，她身上插著一把刀，長髮蓋住臉孔的模樣像極了恐怖片的女鬼。

「欣琳？原來妳還活著！」振霆的母親擦掉眼淚，興高采烈地跑到欣琳面前。「而且妳還可以說話了！胸口疼嗎？媽媽現在馬上載妳去醫院。」

「媽，等一下！」振霆拉住母親的手，狠狠瞪著欣琳說：「現在這傢伙並不是欣琳。」

什麼？

薇安在內心打了個大問號，但既然身為量子觀測者的振霆都這麼說了，顯然他妹妹欣琳也被某種能量體給附身了！

但竟然會一次遇到兩個被惡靈附身的人，薇安心想，這該不會是上帝對自己的某種試煉吧？

「你這殺人犯別碰我！」母親將振霆的手甩開，振霆一個重心不穩摔倒在地。

母親牽起欣琳的手說：「我們趕快去醫院吧！」

「我剛不是說不用了嗎！」

吼聲剛落，母親牽著欣琳的那隻手臂竟憑空爆炸！碎裂的肉塊與鮮血濺灑而出。

是念殺！

所謂的念殺，即是惡靈靠著意念驅使大氣中的粒子高速對撞，而粒子在高速對撞後會瞬間釋放出高壓能量，並進而摧毀周遭的一切！如果將這股能量凝聚在牆壁上，那這面牆立刻就會被炸穿！

「嗚哇啊啊——！」母親抱著斷裂的右手臂失聲哀號，振霆趕緊拉起母親的身子遠離欣琳。

薇安跟著振霆退到客廳後，振霆破口大罵：「馬的！居然連自己的媽媽都下得了手，果然她已經不是原來那個欣琳了！」

「振霆，接下來交給我吧！你趕快叫救護車。」

「妳確定妳能應付她？她光是瞪妳一眼就能把妳炸掉耶！」

「我爸教我驅魔術就是為了應付這種情況的！」

雖然父親曾命令自己別插手，但那是指被獸靈附身的振霆，而現在操縱欣琳的很明顯是惡靈。獸靈與惡靈最大的差別就在於，獸靈並不會使用念殺，因為構成獸靈的意識體是來自人類最原始的負面情緒，所以本身並無意識，只會遵循殘存在負面情緒中的意念來行動。不過也因這樣的關係，聖經的經文無法對其產生作用，這就是父親叫她別出手的原因。

惡靈則相反，祂們本身具有自我意識，能夠隨心干涉我們的世界，鬧鬼的凶宅中，傢俱擅自起舞的騷靈現象正是出自這樣的原因，不過也因為祂們理解人類的語言，所以聖經的經文對其有效。

薇安開始向欣琳念誦：「犯罪的是屬魔鬼，因為魔鬼從起初就犯罪。神的兒子顯現出來，為要除滅魔鬼的作為，凡從神生的，就不犯罪，因神的道存在他心 ，他也不能犯罪，因為他是由神生的，從此就顯出誰是神的兒女，誰是魔鬼的兒女，凡不行義的，就不屬神，不愛弟兄的也是如此！」

此經文是來自聖經的約翰一書第三章第八節至第十節，原意是人的生命屬於天主耶和華，耶和華是聖潔的存在，心中有天主，就與罪無緣。用來驅魔時，則有讓惡靈承認一切罪源自於自身，惡靈與宿主意識結合，為的就是讓人背離神的正道，使其墮入罪惡的泥沼之中。所以如果能向惡靈宣告做為「人」的宿主是無罪的，那就能逼迫惡靈脱離宿主的意識。

而經文明顯起了作用，身在廚房的欣琳渾身顫抖，長髮向後揚去，露出扭曲猙獰的可怕表情。

薇安見機不可失，乘勝追擊。

「我利薇安在此奉主耶穌基督之名，命令妳放棄那無辜之人的肉身！」

「不要──！」著魔的欣琳發出尖鋭的吼叫聲，屋內乍然劇震！廚房的瓷盤、瓷碗、菜刀、鍋鏟、刀叉、砧板等廚具，全部都從欣琳的背後飄了起來！

「吾即是『群』！就憑汝膽敢命令？」

欣琳斥吼的聲音就像一群人聲的結合，再來她將手向前伸，背後的廚具便如離弦之箭朝薇安射來！

「小心！」

振霆將薇安推開，薇安跌撞在地，耳邊響起物體猛烈撞擊的聲響，一想到推開她的振霆正遭受攻擊，趕緊起身查看，還好振霆也不是笨蛋，他將一張圓桌架倒在廚房前的走道，桌面面向欣琳，頓時形成一道防護牆，振霆人就縮在桌腳後方。

「我不是叫你帶你媽先走嗎？」薇安怒問。

躲在圓桌後的振霆說：「我帶她去外面，也叫救護車了，倒是妳比較危險，因為我看欣琳她身上好像不只一個惡靈。」

「你說什麼！快告訴我你看到的情形是怎樣。」

「我看見她頭上有五條絲線！」

「五條？」薇安極度詫異，扣除欣琳本身以及操縱她身上的惡靈，居然還有另外三個意識體連接在她身上？

不，如果照惡靈剛剛所說的「吾即是群」，那麼那些意識體其實是四位一體嗎？不過父親明明說過惡靈自私自利，不會相互合作，那附在欣琳身上的又是什麼？

「是怨靈。」

熟悉的聲音從背後傳來，薇安回首，立刻見玄關處站著一位身穿黑色風衣，留著長髮的中年男子。

是她那身為牧師的父親——利嘉！

利嘉有著與名字相反的頹廢外貌，但身上散發的氣場卻能瞬間震懾人心，就連邪靈也不例外。

「嗚——！」欣琳像是被強光照耀，舉起雙手擋在自己眼前哀叫：「汝……汝等何人？」

「我是誰並不重要，妳只要知道我的靈屬於天主就行了。」利嘉走到廚房前的走廊，橫跨過圓桌，再走到欣琳面前直視她說：「妳們附在這女孩身上，到底想要做什麼？」

「想……想要她死！」欣琳大吼完，整個人竟化為一團白霧，當場消失在眾人眼前！

「逃走了嗎？」利嘉臉上閃過一絲不悅。他回過頭，對振霆說：「那先來處理你好了。」

「等等！欣琳她是去哪了啊？而……而且她……她又是怎麼消失不見的？」振霆語無倫次，顯然飽受驚嚇。

「她只是化為量子態逃走罷了，不過你現在不用擔心她，因為你的問題比較嚴重。」

「啥？我有什麼問題啊？」

利嘉向他招手。「你先過來。」

振霆將圓桌移開，走進一片狼藉的廚房後，利嘉冷不防拿出十字架狠狠敲了振霆的腦袋，振霆立即身體癱倒在地上發出一聲悶響。

「爸，你要直接對他進行除靈？」薇安問道。

「沒錯，我要趁獸靈還沒完全佔據他的腦之前把祂除掉。」

「那麼那個女孩怎麼辦？她身上還帶著傷啊！」

「那女孩情況雖然也很嚴重，不過我剛透視她的心靈一下，發現那些怨靈中有人在唱反調，所以她暫時還能撐一會兒。」

「唱反調？你是說祂們起內鬨？」

「薇安！事情有急緩之別，有時間我再跟妳解釋，妳先去外面照顧那位婦人吧！」

「好……」

薇安跑出民宅外，見振霆母親坐在門前抱著斷臂頻頻發抖後，拿出手帕擦拭了她額頭上的冷汗。

「伯母妳別擔心，我爸爸一定會處理好這些事的！」

語畢，救護車的鳴笛聲便從遠方傳來。

第四章

煉獄

屍橫遍野

發現自己正在下墜已經是五秒鐘後的事了，下墜的風聲猶如死神的尖笑聲在耳邊嘯吼，振霆感到胸口緊縮，四肢僵直，因為他距離下方那血紅之地只剩不到二十公尺。

「砰」的一聲，身體撞至地面發出巨響，媲美粉身碎骨的劇痛直衝腦門，他拱起背嘶吼哀號，結果傾斜的地面又讓他繼續向下翻滾，滾了好一會兒才停了下來。

地面又濕又黏，觸感卻有些柔軟，振霆狼狽起身，發抖的身子還殘留著墜落時的恐怖餘韻。

不過當他看清這個地方後，下墜的痛楚馬上煙消雲散。

他的腳底下全都是赤裸裸的少女屍體！

「哇啊啊——！」振霆魂飛魄散。

放眼望去，遍地都是屍骸，有好幾處還是高高隆起的屍山，自己剛才就是從其中一座屍山上滾下來的。

還有，這些全都是欣琳的屍體！

有的開膛剖肚，內臟散了一地，有的四肢分離，白森森的骨頭從肢體的斷面突出，有的腦袋變形，顏面七孔流血，有的全身潰爛，殷紅的爛肉中爬滿密密麻麻的蛆。

身處在妹妹組成的屍海中，焦躁的振霆忍不住怒罵：「這到底是什麼鬼地方？」

「這裡是零點能量場。」

「什麼？」

轉身回望，身穿風衣的長髮男子從屍山上走了下來。

是薇安的父親——利牧師！

振霆現在才想起來，自己最後的記憶，就是被這傢伙用十字架敲了腦袋一頓。

「是你這傢伙用的吧？」振霆奔上前，抓著利牧師的風衣吼道：「你這混蛋！快點把我帶離這噁心的……嗚喔！」

腹部傳來劇烈的痛楚，振霆雙腿發軟，癱跪在地。

「剛那一拳是告訴你，我女兒的身體不是你能隨便碰的，然後現在這一腳……」

「嗚哇——！」振霆鼻梁發出骨折的聲響，整個人騰空往後翻去。

「這一腳是要告訴你，上帝賜予你讀心的力量，不是給你揭人傷疤胡作非為的。」

振霆站起身，揉著流血的鼻頭說：「你是怎樣啦？才剛見面就對我拳打腳踢！」

利牧師冷冷地說：「因為你欠揍啊！」

「什麼欠揍？你這樣還算是個牧師嗎？」

振霆指著他叫罵，結果利牧師一個步伐，瞬間移動至振霆面前，振霆還來不及防禦，他的臉便被利牧師結實的拳頭給狠狠灌了下去。

「哇喔——！」振霆在欣琳的屍骸上翻了足足三圈，在地上攤開四肢成大字狀後再也站不起來。

「舊帳跟你算完了，現在就來跟你說明這一切到底是怎麼回事。」

振霆吐了口鮮血，發出嘶啞的嗓音說：「在……在你說明之前，能不能先救救我……我覺得我好像快死了……」

「沒那麼嚴重啦！」利牧師走到振霆身旁，直接往他的腹部坐了下去，登時又讓振霆咳出鮮血。

「這裡是你的零點能量場，也就是你的世界，所以你在這裡是不會死的。」

「什……什麼鬼啦……」

「然後，存在於三維空間之上的零點能量場並不受時間約束，所以你別著急，放輕鬆聽我解釋就好。」

「你……你不用跟我說那麼多，我現在……只想離開這裡……」

「你現在如果離開這裡的話，那你將永遠不會再是你自己了。」

「為什麼？」

「有個我們稱為獸靈的意識能量體寄宿在你的腦內，這種靈體是由最純粹的惡意組成的，祂們附身在宿主身上後，會不斷誘發宿主心中的負面情緒，導致宿主做出傷風敗俗的壞事，就像你剛剛對你妹妹做的事情一樣。」

振霆眼前閃過了欣琳被自己持西式菜刀捅入的畫面。

「原……原來是這樣……」

「而祂們的存在就像病毒，具有侵入機制但無自我意識，所以無法理解我們的語言，因此經文對祂們無效。除去的方法，只有在祂們完全與宿主意識結合之前，讓宿主正視自己的缺陷，將負面思緒轉為正面思緒，這樣才能讓以負面能量為生的獸靈自行脫離。」

利牧師說完後站起身，對振霆伸出手；振霆被利牧師拉起來後，利牧師說：「這個能量場的外觀構成源自於你的情感，很明顯的，你對你妹妹有很深的怨念。」

「所以欣琳是我負面情緒的來源嘍？馬的！結果到頭來所有的錯還不都在她身上。」

「你錯了，她不是你負面情緒的來源，你才是。」

「你說我？」

「你會恨你妹妹，是因為她的存在讓你感到自卑。」

「什……什麼？」振霆往後退一步，揮手怒吼：「身為哥哥的我對她有什麼好自卑的？」

「就是因為是哥哥，所以才會感到自卑啊！」

「不可能！我雖然一天到晚都被父母責罵，但是我從來不認為自己比不上她！」

「你就承認吧！有個課業優秀、多才多藝又體貼善良的妹妹，讓你這當哥哥的倍感壓力吧？」

「我才沒有！話說你才剛認識我沒多久，別說得好像很懂我一樣！」

利牧師嗤之以鼻。「不好意思，其實我早在你墜落到這裡之前，就已經把你這十五年來的人生都看過一次了。」

「聽你放屁！我墜落到這裡也才不過是幾分鐘前的事情而已，你怎麼可能在這麼短的時間內就看盡我的人生？」

「這裡不受時間約束，我剛不是說過了嗎？在這個空間內，因果並存，觀測到

『果』就能同時理解到『因』，意思就是，在我看到你的那一剎那，就已經知曉你的過去了。」

振霆皺著眉頭說：「我還是聽不懂啦！而且既然這裡是零點能量場，那為什麼我無法讀你的心也看不到你的過去？這裡不是意識共存的地方嗎？」

「我們的意識的確共存在零點能量場裡，也就是人們俗稱『陰間』的地方，但現在這個空間是從你的腦連接上去的，所以跟你不相關的東西都不會出現在這裡。」

「喔？所以簡單來說，這裡就是我的精神世界嘍？不過你說跟我不相關的東西不會出現在這裡，那你怎麼還會在這裡？」

「因為我能夠自由操縱自己的意識體，換個簡單的說法就是靈魂出竅，我將意識與自身分離，並在你的零點能量場投射出我的形體，所以你才能在這裡看見我。」

振霆揉著太陽穴說：「喔……好像有點懂了，不過一次接收那麼多訊息，頭實在好昏啊！」

「那先來辦正事。」利牧師彈響手指，一塊巨大的石板從空降下，砸在由欣琳屍骸組成的地面噴出海量的血水。

「又發生什麼事了？」振霆舉起手臂遮在臉前，血水像暴雨般往身上灑落。

這塊直立的石板約三公尺高，一點五公尺寬，上頭布滿密密痲痲的刻痕，有大有小，看起來像某種符文，紅光閃爍紛紛，模樣煞是神奇。

「這塊石板上所記載的，就是你這十五年來的人生總和。」利牧師走向石板，伸手點了上頭其中一段符文，像是將石子投入水中，符文上竟散發出紅色波紋，並逐漸在石板上擴散。接著，一道亮紅色的鏡面在石板上形成，但裡頭所映出的並非是振霆現在身處的屍骸世界，而是一雙小手在鍵盤上遊走的景象。

振霆發現那個鍵盤很眼熟，驚問：「這該不會是我的記憶吧？」

「是的，這是你九歲的記憶。」

此時，鏡面中的視角從鍵盤移至上方的電腦螢幕，電腦螢幕裡顯示的是一群小朋友在放氣功的遊戲畫面。

是「小朋友齊打交」！

「哇！好懷念喔！這款遊戲我小時候超迷的說。」

「那你還記得等一下會發生什麼事嗎？」

「不記得。」

「你爸等一下會出來打你。」

「蛤？」振霆剛發出疑問，男人的咆哮聲便從石板內傳來。

「潘振霆！現在都幾點了你還在玩？」

鏡面中的視角晃動劇烈，利牧師笑說：「這是你被嚇到才會晃成這樣。」

接著，手持藤條的父親占滿整個畫面，他揮舞著藤條怒吼：「講都講不聽！把你打死算了！」

「拔拔不要啦！不要打我啦！求求你！嗚嗚——！」

鏡面中變得一片模糊，利牧師補充說：「這是你嚇到哭出來才會變成這樣。」

振霆跑到石板前觸碰鏡面，鏡面中的景象立時黯淡，恢復成原先布滿紅色符文的樣貌。

「你給我看這個幹嘛啦？不是說要辦正事嗎？」

「這就是正事啊！我再給你看另一個。」利牧師點了另一道符文，波紋擴散後，又在石板上形成一道鏡面。

「這是你十一歲時的記憶。」利牧師說。

鏡面中出現的景象是客廳的內部，有隻手正用著遙控器切換眼前的電視頻道。

「振霆，跟你說過多少次了，不要躺著看電視。」母親的聲音從石板內傳來。

「唉呦！躺一下又不會死。」石板內傳來自己變聲前的稚嫩嗓音。

母親提著包包，走到電視機前說：「那你作業寫了嗎？」

「我等一下會去寫啦！」

「好，那等我買晚餐回來，我要看到你在寫作業喔！」

「好啦！妳快去，別擋在電視前面啦！不然都看不到了。」

母親此時走了過來，將振霆手上的遙控器給奪走。

「妳幹嘛啦！」

「你先給我去把作業寫完，寫完才准你看電視！」母親說完後，關掉了電視，接著離開客廳，出門去了。

振霆走上樓梯，邊自言自語地抱怨：「吼！煩耶！為什麼一定要做完作業才能看電視？又不是看了電視就會寫不完……算了。」

回到自己房裡，從書包拿出數學作業簿後，就走向另一個房間；拉奏小提琴的美妙音色從房門內傳來，振霆舉起手敲了敲門，應聲中止裡頭的演奏。

「哥哥？」留著長直秀髮的嬌小女孩探出頭來，是當時只有九歲的欣琳！

振霆將數學作業簿拍在她臉上說：「這個麻煩妳了。」

欣琳顯然被這舉動嚇了一跳，她說：「可……可是我還在練琴耶！」

「是練琴比較重要還是我的要求比較重要？」

「是……是哥哥。」

「這就對了。」振霆胡亂玩弄她的頭髮一番。「別忘了妳這些年對我做了什麼好事。」

欣琳點點頭，默默接下了振霆的數學作業簿。

石板中的影像到這裡突然暫停，利牧師轉頭對振霆問：「我請教一下，你妹妹這些年到底是對你做了什麼好事？」

振霆咬牙切齒地說：「她把我在家中的地位給奪走了！」

「請具體一點，她是怎麼把你的地位給奪走的？」

「就考試成績都比我高，然後爸媽說什麼就馬上去做，久而久之爸媽就越來越偏愛她了。」

「所以如果換作是你考試成績比她高，然後也比她聽父母的話，那你是不是就能奪回你的地位了？」

「要是真那麼簡單我早就做了。」

「所以你就什麼都不做了？」

「是啊！反正努力也沒用，你知道她在國中資優班智商測驗測出來的分數是多少嗎？是一百四十一分耶！面對天生腦筋就很好的她，我根本一點勝算都沒有。」

「好，我承認這世界的確有人生來就是天才，但是聽父母的話這點，不是天才也能做到吧？」

「你是不是搞錯什麼了啊？應該是父母要聽小孩的話吧？再怎麼說家裡也只有我一個男生啊！」

利牧師聽聞，搖著頭嘆了口長氣。「唉！振霆，你給我的感覺，就好像是有個作家整天說要出一本曠世巨作，結果十年過去了連一個字都沒寫，然後還說是因為市場需求跟他文風不合所以他不寫，你明白我說的意思嗎？」

「不明白啦！」

「有什麼樣的因就會產生什麼樣的果，今天你在家人心中的地位會低成這樣，不都是你自己過去貪玩又不聽話所造成的？」

振霆摀住耳朵大吼：「夠了啦！別再對我說教了，我不想聽這些屁話，快點帶我離開這裡！」

利牧師沉默片刻，接著，才用無奈的語氣說：「好吧！你連自己都不想救那我也沒辦法，不過你妹妹還有救，所以你得先幫我找出你妹妹的下落在哪才行。」

「我哪知道她的下落啊？」

「根據我所觀測到的，你身上的獸靈與你妹妹身上的怨靈，全部都和周勝翼脫不了關係。所以只要透過你與獸靈的意識結合，從中挖掘出周勝翼的記憶，就可以知道整件事的來龍去脈，也能順便得知欣琳被怨靈帶去哪裡。」

「等……等等！怎麼會突然冒出周勝翼這傢伙？」

「因為獸靈上一個宿主就是他。」

「什麼？」

「當時，在你重傷他後，由於那段時間，你的意識連結剛好也呈現不穩定的狀態，所以他身上的獸靈便趁機入侵你的腦中，這就是所謂的『靈的轉移』。至於你的妹妹，你應該還記得前幾天，你曾在她的房裡，見到當時社區失蹤事件的失蹤者對吧？」

「對啊……啊！」振霆頓時晴天霹靂，把眉頭挑得老高。「周勝翼他……該不會就是那些孩童失蹤案的犯人吧？」

「沒錯。」利牧師點頭說：「幸好當時每一位失蹤者的家屬，都有在社區內張貼尋人啟事，所以我才能從你的記憶中，確認你妹妹身上的怨靈全都是失蹤者。而剛才她被操縱的時候，我發現她身上的怨靈對你身上的獸靈有很強烈的恐懼感，因此我認為，身為上一個宿主的周勝翼就是殺害她們的凶手。」

「原來如此！難怪欣琳這段時間對我的態度那麼詭異，不過既然現在都知道這一切都是周勝翼搞出來的，那直接去他家不就得了？我想那些怨靈應該是把欣琳帶去那裡吧！」

「怨靈的確有返回凶殺地點的習性，應該說她們死前的恐懼太過強烈，才會使自身的意識殘留在凶殺地點。這也是為何發生凶殺案的屋子常使人心神不寧的原因，不過我不太確定周勝翼的家是否就是凶殺地點，因此才會需要你的幫忙。」

「需要我？可是你不是什麼都知道嗎？」

「那也僅限於你的部分，我沒辦法同時侵入兩個意識體，所以獸靈的記憶需要靠你。至於侵入的方法不用擔心，因為祂的目的就是要跟你意識同步，所以你只要配合祂就可以侵入祂了。」

「可是如果我跟祂意識同步，那我的頭腦不就會被佔據嗎？」

「所以我才要你好好面對自己的過錯啊！當你把對妹妹的怨恨都消除掉時，獸靈就不再握有你的黑暗面，這樣就算跟祂意識同步，你也不會被祂給吞噬掉。」

振霆將雙手交叉在胸前。「那如果我都不想做呢？」

「什麼？」

「我不想承認我的過錯，因為我本來就沒錯，然後我也不想侵入獸靈的意識體，因為我認為欣琳就這樣消失也滿不賴的，所以你看，現在要怎麼辦呢？是要帶我離開這裡，還是要繼續在這跟我耗下去？」

「振霆。」利牧師垂下頭來，語調冰冷地說：「你實在不應該用這種態度跟我說話。」

「怎麼？生氣了喔？但這一切本來就不關你們的事啊！自己多管閒事還要遷怒在別人身上，基督教的人都是這個樣子嗎？」

突然，振霆感覺自己的上半身往前滑了下去，他轉頭回盼，就見自己的雙腿豎立在自己的背後……

他被腰斬了！下半身腹部上的切口像是被某種利器削過，平滑的切面上湧出大量鮮血！

「怎麼會這樣！？」從腰部被一分為二的振霆，吐著血大聲驚叫。

「這裡雖然是你的世界，不過像這種程度的干涉我還是能做到的。」

利牧師走向前來，硬生生將振霆的上半身給踹倒。

「你剛問我想怎麼辦，我現在就告訴你。」利牧師將手伸進振霆上半身的切面處，從中掏出一截血淋淋的腸子。「我要在這裡折磨你，直到你答應要幫我為止。」

「哇啊啊啊——！」振霆的腸子被利牧師拉了出來，直衝腦門的劇痛令他上半身痙攣劇烈，兩眼向上吊起，口中不停湧出殷紅的血沫。

利牧師捲著振霆腸子的動作像在收延長線，腸子拉到底，他就連根將胃給拔了出來；振霆的身子仍持續顫抖，但意識很明顯已經消失。

利牧師笑了一聲，說：「看來連折磨都不用了呢……獸靈將會直接佔據你的腦，強行與你的意識結合，至於你能不能掙脫就要看你自己的造化了。如果你還是要固執己見那我也沒轍，反正該說的話，我都講的很清楚明白了。」

噬童狂魔

「好痛啊——！」振霆抱著肚子哀號，不過很快就發現自己的身體完好如初。

怎麼回事?剛才自己不是被腰斬了嗎?

振霆掀起上衣,見腹部除了先前被欣琳弄出來的傷外,並沒有其他明顯的傷痕。他踢著腳,確認自己真的沒有與下半身分離後,東張西望,發現這裡是間幽暗的小房間,但並不會黑到完全看不見……不,應該說是他的視覺能夠適應黑暗,就像貓科動物一樣。

不過他怎麼會出現在這裡?記得剛剛利牧師好像要強行讓自己與獸靈結合,難不成這裡就是獸靈的意識體內嗎?

振霆開始探索,這裡有張靠牆的小沙發,沙發前方則有一台液晶電視,根據振霆目測應該是三十二吋沒錯,電視下方的矮櫃塞滿了光碟收納盒,矮櫃的右邊是一台小型的電冰箱,電冰箱的右側則是一扇門。

雖然還不太確定這裡是否就是獸靈的意識體內,不過振霆敢肯定這房間的功用一定是用來娛樂的。

突然,門被推開了!

振霆嚇了一跳,隨後便見到一名又肥又胖,頂著油膩膩的西瓜頭又帶著粗框眼鏡的男子。

是周勝翼！

但他為什麼會出現在這裡？他人現在不是還在醫院昏迷嗎？

話說回來，人昏迷後意識會去哪裡，這一點好像從沒聽薇安跟利牧師說過，不過怎麼樣都無所謂啦！

振霆擺起架式準備迎擊，因為如果這真的是周勝翼的意識體，那就很有可能會來攻擊自己。

但周勝翼像是沒看到振霆，他邊哼著歌邊打開冰箱，神情悠然自得。

是裝作沒看到我？還是真的沒有看到我？

滿懷疑問的振霆，戰戰兢兢地對他喊了聲：「嘿！肥宅！」

周勝翼仍然沒有回應，於是振霆靜悄悄走到他的背後，小心翼翼伸出手指戳向他的背，結果這一戳，他的手指竟穿進周勝翼的體內！

「哇啊！這是怎麼回事啊？」振霆不敢相信，再度摸向周勝翼，而手又再次穿透過去，對振霆來說，這個周勝翼就像3D立體投射出來的影像，霎時，他明白了。

這是記憶的幻象，所以振霆無法對其干涉，不過利牧師好像之前就有說，他讓振霆來這裡就是為了要挖掘獸靈先前存取的記憶，看來是自己太過健忘才會那麼大驚小怪。

周勝翼在冰箱東翻西翻後，總算從中拿出一盤蓋著保鮮膜的瓷盤，振霆看裡頭盛著肉塊與紅色的湯汁，直接聯想到茄汁炒雞丁，但保鮮膜上還貼著一張便條紙，便條紙上標有ＤＶＤ０２７的字樣；他拿著盤子走到電視櫃前，這時振霆才發現到那些ＤＶＤ盒上也有貼編號，周勝翼抽出標有０２７字樣的ＤＶＤ後，放進播放器，然後坐上沙發，掀開盤上的保鮮膜。

影片開始播放，周勝翼也開始吃起雞丁，不過他居然沒加熱，還直接用手抓起來吃，果然人如其貌，吃東西的樣子實在很沒水準。

回頭看向電視，是手持攝影機的鏡頭畫面，畫面上下晃動不是很穩，拍攝者很明顯是業餘的。裡面的場景是間陰暗的密室，密室中有張鐵椅，上頭坐著一位身穿小學制服的馬尾女孩，不過隨著鏡頭越來越近，振霆就越覺得這影片內容不太對勁。

原來是那女孩上半身被綑了好幾圈麻繩，嘴巴上還貼了黑色膠帶，當她眼神與鏡頭相交之時，振霆還能強烈感受她對攝影機持有者驚恐萬分。

「先跟妳說清楚……」

是周勝翼的聲音！

「如果我撕開膠帶後，妳敢給我吵吵鬧鬧的話，那我會找東西堵住妳的小嘴，讓妳永遠都叫不出聲音，聽懂了嗎？」

綁著馬尾的女孩怔忪地點了點頭，一滴眼淚從她眼角滑落。

鏡頭前出現了一隻肥手，是周勝翼的手！當他將膠帶撕開後，振霆才發現這女孩是他以前社區鄰居的小孩！

她叫林芷楓，年齡十一歲，是振霆搬離綠園社區前的最後一位失蹤者，而既然現在周勝翼持有她的ＤＶＤ，拍攝者又是他本人，那一切的謎題都水落石出了！

「乖！別哭、別哭。」周勝翼用粗肥的手指抹去林芷楓臉上的淚水，但林芷楓似乎過於恐慌，眼淚像瀑布般傾瀉而下。

「叫妳別哭就別哭啊！」周勝翼一把捏起林芷楓的下巴說。「那麼可愛的臉蛋，哭起來多浪費啊！」

周勝翼放開手，穩住晃動的攝影鏡頭。

「來！對我笑一個吧！就像平常妳對妳爸媽笑一樣，來嘛！來嘛！」

周勝翼不停催促，林芷楓只好硬擠出僵硬的笑容。

「不行、不行，這太不自然了，妳要放輕鬆點！不要那麼害怕。」

雖叫她不要害怕，但她的身子卻顫抖得更厲害，她眉頭深鎖，很努力使自己的嘴角上揚，但笑容不但沒有出來，反而是淚水又撲簌簌地流了下來。

「吼！又哭！到底是有什麼好哭的？」周勝翼不耐煩地吼，隨即鏡頭中迸出一根毛茸茸的逗貓棒。

「還好這東西就是為了這種情況而存在的。」周勝翼拿著逗貓棒搔弄林芷楓的頸部說：「笑一個嘛！」

林芷楓提起雙肩，將脖子縮了起來，顯然她不是感到很舒服。

「這裡不癢嗎？好吧！我一定會搔到癢處讓妳笑的。」說完，他直接將逗貓棒滑進林芷楓的領口中，振霆看到這裡，忍不住大罵：「變態！」

當然周勝翼沒有因此停手，林芷楓哭到泣不成聲，周勝翼還是不斷用逗貓棒搔弄她扭來扭去的身體。

「唉……還是不笑嗎？好吧！」周勝翼貌似放棄林芷楓的笑容，他將逗貓棒扔掉，然後，拿出一條痲繩將攝影機綑在林芷楓的胸前，並將鏡頭向下，使畫面只拍到林芷楓緊閉的大腿。

這傢伙想幹嘛？振霆雙手抱胸歪著頭疑惑，就在此時，震耳欲聾的馬達運轉聲從電視中傳來！

「這不是在開玩笑吧？」振霆抓起電視驚叫，因為螢幕中，居然有台電鑽正飛快朝著林芷楓兩腿間前進！振霆驚駭地別過頭，耳後傳來淒厲無比的慘叫聲。

太可怕了……這真的是太可怕了……

振霆雖然沒有看螢幕，但不停從身後傳來的尖叫聲還是讓他感到頭暈目眩，明明現在的自己是意識體狀態，卻還能感到胃正在翻騰，看來周勝翼做的事連鬼都髮指！

「不行！這變態實在讓我忍不下去了！」振霆吼完，朝周勝翼的方向怒奔過去，就算這一切都是過去的幻象，就算他什麼也無法改變，但他還是想要狠揍周勝翼一頓！不過在他拳頭揮下去的那一剎那，眼前霎時物換星移，房間內所有東西全都快速分解消散，並以迅雷不及掩耳的速度重新組成一間廚房的內部！

振霆對這間廚房非常熟悉，因為這裡就是當初他跟周勝翼決一死戰的地方！

「馬的！怎麼會突然跑到這裡？」慌亂的振霆四處張望，結果周勝翼的幻影直接穿過他的身體讓他嚇了一跳。

只見周勝翼將一口大鋼鍋放到流理台上，振霆探頭一看，發現鋼鍋中血紅的碎肉裡居然有人類的手指頭！

振霆往後退了幾步，實在無法置信，原來恐怖片的血腥情節一直在自己曾住過的家附近上演……接著，眼前的景象再度如快轉般飛逝，一盤冒著蒸氣的肉丁映入眼簾；振霆見周勝翼在餐桌上，拿麥克筆在便條紙上寫了DVD027後，才明白了那些數字以及DVD上編號的涵義。

DVD上的號碼所對應的肉，就是該片受害女孩的肉！

原來周勝翼不只是強暴犯，更是連環殺手！從數字上來推斷，他前前後後已經殺害了二十七位女孩！不過這也太誇張了吧？怎麼可能殺那麼多人都沒被發現？除非……他經常搬家！

周勝翼是在兩年前才成為振霆的鄰居的，而誰知道他在這之前到底已經搬了多少次家？

眼前的景象又再一次幻化，桌上的肉丁不再冒著白煙，周勝翼小心翼翼用著保鮮膜將肉丁包起來，並端起盤子走到廚房的右側，伸出肥手對牆壁按下開關。

「喀」的一聲，牆面凹出一道垂直的縫隙。

是暗門！

振霆跟著周勝翼走進暗門裡，發覺裡頭正是他一開始身處的那間密室，看來凶殺地點的確就是周勝翼的家沒錯了。這也能解釋為何欣琳在經過聖誕節事件後就變得很奇怪的原因，因為她從那一天起，就已經被這些女孩的怨靈給附身了！

好，現在已經知道欣琳消失後的下落，那他應該是可以離開這裡了吧？

「喂！利牧師！」振霆抬頭大叫：「我已經知道她在哪了，能不能放我出去了啊？」

無人回應。

振霆又喊了一次，依舊沒得到任何回應。

不會吧？利牧師不會把我丟在這不管了吧？還是說……我的腦已經被獸靈佔走了？

想到這裡，振霆趕緊返回客廳朝玄關處奔去，他伸出手轉著大門的手把，但無論怎麼轉就是轉不開，心急如焚的振霆開始用身體衝撞鐵門。

「喂！快放我出去！我不想待在變態肥宅的家啦！」

他用盡全力撞了門好幾次，但鐵門始終毫無動靜……是說，就算是現實世界，透天厝的鐵門本來就是撞不開的，但這時候的振霆，已經嚇到完全忘了這麼簡單的道理。

片刻，振霆停止撞門，他順著鐵門滑落，跪在地上像個小孩子般啜泣起來。

「嗚嗚……放我出去……拜託啦……嗚嗚嗚……」

「吱吱！」

身後忽然傳來老鼠的叫聲，振霆轉身過去，臉色當場嚇得發紫！

一個黑壓壓的人影就站在他的背後！他體態削瘦，全身上下毛茸茸，還有張老鼠的外貌。此時此刻，振霆想到前些天，欣琳房裡發生騷靈現象的那一晚，她畫給父親的老鼠人，就跟現在他看到的一模一樣！

「原……原來欣琳她那時候畫的就是妳？」振霆牙齒打顫地問，他覺得自己的心臟快炸開了，因為他跟老鼠人之間的距離不到五公分！心臟不停發出劇烈的跳動聲，振霆寒毛直豎，全身上下的毛細孔像火山爆發噴湧出汗水。

地板，濕了一片。

「對……對了！妳是獸靈嗎？」

振霆剛問完這句話，他的頭就被老鼠人給吞了下去。

怪物起源

大量的影像如湍急的河水迎面衝來，人群混雜的聲音不斷在耳邊響起，但大多數都是不堪入耳的污言穢語。接著，振霆的眼前出現一位又矮又胖，頂著西瓜油頭又帶著粗框眼鏡的少年。

又是周勝翼！雖然外貌明顯年輕許多，但那看起來像積欠好幾百萬的衰臉，讓振霆肯定那絕對是少年時期的周勝翼沒錯。

看來自己的意識已經跟獸靈完全同步，所以能夠看見身為上一位宿主的周勝翼過去的記憶，不過這些記憶盡是他被大眾羞辱的畫面。原來在他還在就讀國中的時候，因為短短一學期就坐壞十張椅子的關係，因此被班上同學冠上神豬的臭名。每天飽受同學的嘲弄與欺凌，他失蹤的課本與文具總是在垃圾桶中被找到，同學吃剩的廚餘也總是在他的餐盤中出現。

「快給我吃下去啊！你不是神豬嗎?神豬就是要多吃一點啊！」男同學邊拍他的背邊開懷大笑，周勝翼邊動著筷子邊泫然流涕。

校園生活對周勝翼來說簡直是地獄中的地獄，然而，就算是最黑暗的地獄，仍然還是會有一道曙光。

黃祈緣就是那道曙光。

她長髮至肩，瀏海向右傾斜，給人一種酷酷又難以接近的感覺；由於她鮮少與班上有所互動，所以大家欺負周勝翼的時候，她並沒有參與其中。

不過就在某天，有人趁周勝翼坐下的那一瞬間將椅子拉開，地面頓時一陣巨震，但就在大家期待周勝翼會有什麼反應的時候，如辦喪事的淒厲悲鳴卻從樓下的教室傳了上來。

原來是樓下的電風扇，被剛剛周勝翼摔出的震波給震斷，掉下去砸到下方正在聊天的兩名同學；事後，那兩名同學被診斷出重度腦震盪，長期休學，而當時對周勝翼惡作劇的同學也被記了兩支大過，班上的同學因此對周勝翼更加厭惡。

直到有天放學，周勝翼獨自一人在教室收拾被人翻倒的課桌時，突然有人將散落一地的文具整理好並遞給了他，而此人正是黃祈緣。

「抱歉……這是我所能做的最大幫助了。」黃祈緣面露哀愁地說。

周勝翼感到有些驚訝，因為他從沒想過居然有人會幫助自己，於是他露出不以為然的笑容說：「沒關係啦！班上的規則嘛！我懂，倒是妳自己要小心，不要被人看到妳在幫我，不然之後被欺負的人可能就是妳了。」

話才剛說完，教室門口馬上出現一位回來拿聯絡簿的女同學。

那位女同學見黃祈緣正拿著周勝翼的文具，大叫：「哇啊啊！妳幹嘛幫那頭豬撿東西啊？」

被撞見的黃祈緣一時之間不曉得該怎麼辦，周勝翼趕緊小聲對她說：「妳現在趕快踹我，只要讓她認為妳是在欺負我就好了。」

周勝翼說完，做好被踢的心理準備閉上自己的眼睛，不過隨著時間流逝，身體傳來的並不是預想中難受的痛楚，而是一股從未感受過的溫暖。

睜開雙眼，才驚覺自己被黃祈緣抱住了。

女同學見狀，驚喊：「哇啊！妳這樣很髒耶！居然這樣抱著他！」

「很髒又如何？」黃祈緣氣憤地說：「再怎麼髒，也勝過你們整天到晚嘲諷周勝翼那張骯髒的嘴！」

那位女同學被這麼一說，神色明顯不悅，不過她沒多說什麼，只是默默回自己座位拿聯絡簿，然後便頭也不回地離開教室。

周勝翼被這突如其來的發展嚇到渾身冒出臭汗，他戰戰兢兢地問：「黃……黃祈緣，妳這麼做真的好嗎？這事如果傳開了，對妳會很不利啊！」

黃祈緣抬起小巧清秀的臉蛋說：「傳開就傳開吧！我無所謂了，因為我……我已經沒辦法再壓抑自己的感情了……」

她說到這，竟然抽咽起來，斗大的淚水不停從濕紅的雙眼中流出。

「喂！妳沒事吧？」周勝翼以為黃祈緣是在擔心她日後會被欺負，趕緊安撫她說：「那……那個，妳別難過，我明天會向班上同學澄清妳是來欺負我的啦！所以說……那個……」

「我喜歡你。」

「咦……？」

黃祈緣用著羞紅的臉蛋對周勝翼喊：「其實我一直以來都很喜歡你！只是我不敢反抗班上那群人，所以一直對你見死不救……抱歉，我知道我這樣很自私，只顧著自己的感受，但是我真的沒辦法忍下去了，所以就算今後會被欺負也無所謂，至少我們已經在一起了！」

「這是真的嗎！」周勝翼掀開棉被說：「謝謝妳！其實我也喜歡妳……咦？」

低頭往下看，泛黃又破舊的棉被映入眼簾。

原來是夢……

周勝翼感到非常沮喪，果然喜歡的人跟這樣的自己告白是不可能的事，不過雖然知道一切都是幻象，但不甘心的淚水還是從滿是青春痘的肥臉上滑落。

「不行……」周勝翼突然握起雙拳。「這不能只是夢……這不能只是夢啊！我……我絕對要實現這個夢！」

額冒青筋的周勝翼大吼完後，從床上一躍而下。全身充滿鬥志的周勝翼，打算從今天開始要跟黃祈緣有所交流，哪怕只是早晨的問候，他都不想錯過，畢竟如果連簡單的打招呼都做不到，那更不用談之後的事了。

周勝翼氣喘如牛跑到校門口，皇天不負苦心人，當他喘完氣，馬上就見到黃祈緣！

「早安！」周勝翼對黃祈緣露出油膩的微笑，隨後，黃祈緣吐了。

此事很快傳遍班上，一些具有正義感的男生為黃祈緣打抱不平，趁著周勝翼在上廁所時，將他架進隔間，用馬桶刷刷他的嘴……

不過他並不因此灰心喪氣，滿腦子想要實現夢境的他，開始積極與黃祈緣互動。例如每見到一次面就打一次招呼，掃地時間幫她打掃她清掃的區域，甚至連她去廁所時，都會拿包衛生紙等在外面，就是怕她忘記帶衛生紙！

然而，黃祈緣卻在周勝翼自以為是的示好之下情緒崩潰，她的父母來學校要求校方將周勝翼調離黃祈緣的班級。周勝翼知曉此事，勃然大怒，於是在隔天放學時偷偷跟蹤黃祈緣，等到她進了無人的小巷，立刻從後方熊抱住她！

「黃祈緣！妳為什麼要這樣對我？我明明是那麼喜歡妳啊！」

「哇啊啊！放開我啦！」黃祈緣扭著身子拼命掙扎，雙腿騰空。她整個人被周勝翼給抱了起來！

「妳如果跟我告白的話，我就放開妳！」

「你這變態，為什麼我要跟你告白啊？」

「妳……妳罵我變態？在夢裡妳明明不是這樣子的啊！」

「什麼夢裡？你是做夢做太多分不清楚現實喔？快點放……」

周勝翼一個下腰，被抱起的黃祈緣頭下腳上摔到地面，周勝翼剛做出一個德式背摔，黃祈緣被摔得頭破血流。

「哈……哈啊……」周勝翼擦拭臉頰上發臭的汗珠，喘著氣對黃祈緣說：「妳……妳可不要怨我……誰叫妳不喜歡我就算了，還把我調到隔壁班去！」

黃祈緣咳出了血，用著沙啞的嗓音說：「你……你這白癡……我叫父母把你調到隔壁班……是為了讓你遠離班上欺負你的同學……」

周勝翼聽聞，立時噤聲，夏季的蟬鳴，在耳邊迴盪。

半晌，周勝翼蹲了下來，望著後腦杓溢出鮮血的黃祈緣說：「這是真的嗎？」

黃祈緣沒有說話，死了。

周勝翼抬起頭對著染紅的天幕吶喊，因為他剛剛親手葬送了真正有在關心自己的人。雖說黃祈緣那句話不是很完整，可是只要仔細回想，就會發現她雖然沒有喜歡周勝翼，但對周勝翼還是有同情之心。像周勝翼每一次的招呼，她都有回應，掃地時間，周勝翼說要幫她掃地時，她也說「兩個人一起掃比較有效率」而和周勝翼一起打掃，當周勝翼跟著她跑到女廁，她也只用很委婉的口吻要他不要進來，總之……她是學校唯一不會欺負周勝翼的人，不過現在這僅存的唯一也消失了。

「不要……」周勝翼跨坐到祈緣的身上，抱著她那溫暖但已毫無起伏的身子大喊：「對不起！我不是故意的！求求妳……不要離開我好不好？」

這個時候，周勝翼忽然感覺身體有某種古怪，等到他回過神來，他的手已經把黃祈緣身上的制服給脫掉了！

「什麼？這是怎麼回事啊？」周勝翼驚駭地問，他不曉得他的手為何擅自在黃祈緣身上毛手毛腳，也不曉得他的嘴唇怎麼會在她的頸部上游移，更不曉得自己的身子為何正對著她的大腿磨蹭，只知道在一種強烈的電流竄過全身後，他當場癱倒在黃祈緣的身上。

夕陽逐漸從地平線消失，夜幕低垂，周勝翼看著衣衫不整的黃祈緣，滿腦子只有一件事。

該怎麼和這麼好的人永遠在一起？

此時，他的腦海出現了陌生的聲音。

「吱吱！」

晚上，周勝翼揹著黃祈緣失溫的身軀回到家中，由於家裡只剩中風的爺爺，根本沒注意到周勝翼今夜還多帶一個人回來。

周勝翼遵從腦海中的聲音，在浴室裡用菜刀將黃祈緣剁成一塊一塊的碎肉，只要有心，就算是人類也能夠被分割成數千塊。

花費數個小時，黃祈緣已經被剁得不成人形，周勝翼從廚房拿了一罐胡椒，均勻灑在血肉模糊的碎肉上，接著徒手拿起一塊，一口吞進肚子。

黃祈緣成了周勝翼的肉體，兩人今生，永不分離。

從那天後，周勝翼的時間就凍結在十四歲，他再也無法對十四歲以上的女生有感覺，但若見到十四歲以下的女孩，都會讓他回想起曾經有位天使同情過他。

幾年後，周勝翼在公園閒逛，見到一位身穿藍色連身裙的小女孩，他聽著腦海中的指示，向那女孩聲稱他是女孩父親的朋友，並說女孩的父親出了意外，要趕快帶女孩去醫院，女孩信了，上了周勝翼的車。從此之後，再也沒有人見到那位女孩。

振霆閱覽周勝翼的記憶到此，骨顫肉驚，膽裂魂飛。

沒想到周勝翼小時候就是個活在自我世界的混蛋！黃祈緣這麼善良的女孩就因他的愚蠢而死，更可怕的是，在他被獸靈附身後，居然還變成那麼噁心的戀童殺人犯！

不過現在，被附身的自己也會變成只會摧殘幼苗的變態肥宅嗎？不要……我不要！我死也不想成為那種垃圾啊！

振霆心中悔恨充斥，早知道他剛剛就聽利牧師的話就好了……不對，若真的要說後悔的話，應該是在這些事發生之前，如果他勇於承認自己被父母責罵完全是因為自己懶惰不上進，不要把氣都發洩到欣琳身上，那麼獸靈根本無法佔據他的大腦。

沒錯，其實一切都是自己自找的，自己實在沒有資格說「早知如此」、「如果當初」之類的話。因為人的命運本來就是由自己主導的，如果自己都沒有任何作為，還要求別人要對自己付出，那根本只是無理取鬧罷了。

振霆現在總算體認到自己的愚昧，但一切都已太遲，在他穿梭於周勝翼的記憶洪流時，他的意識就已經被獸靈吞噬，他再也無法返回現實世界，再也無法見到他的妹妹。

說起來有點好笑，先前自己明明還恨不得欣琳從此消失不見，不過現在卻非常想見到她，好想為自己過去對她所說的穢言，所做的壞事一個一個好好道歉，可是……這些都無法實現了吧？誰叫自己那麼愚蠢又自大呢？說什麼欣琳天資聰穎所以不想努力，那她每天用功讀書的時候，自己又在做什麼呢？還對母親耍脾氣，抱怨他們偏愛欣琳，那當欣琳幫忙洗碗做家事的時候，自己又是在做什麼？

玩！都在玩！一直玩、一直玩、一直玩！自己在家中的地位就是被自己給玩掉的！

這樣就算了，到後來，薇安和那個大姊都曾試圖對他伸出援手，給他一個改過自新的機會，但他不只漠視她們的關愛還傷透她們的心，所以落入如此悲慘的結局也是理所當然，誰叫他不見棺材不掉淚呢？

唉……其實也不是沒想過要努力，只是每當決定要好好振作的時候，就又會產生現在才努力是否已經太遲了的想法。而且也因為落後欣琳太多，對於改變自己的方向也完全沒有著落，所以時間一久，自然而然就放棄了，到後來，甚至乾脆擺爛。但因為每一次的放棄，都會經歷一次軟弱與失落，為了不想承認自己真的很糟糕，才會索性什麼事都不做，就這樣，人生便在什麼都沒改變的情況下結束，一切合乎因果法則，完全不得抱怨。

但是如果……如果還可以的話，果然……還是好想走到欣琳的面前，好想摸摸她那柔順的長髮，並用著真誠的心態對她說……「對不起！」

振霆痛哭流涕，充滿悔恨的淚水潸然落下，此時，模糊的視線前出現了一個身影，他伸過手來，輕輕放在振霆的肩上說：「恭喜，你戰勝祂了。」

第五章

殺戮都市

前進凶宅

「我……我戰勝祂了？」振霆瞪大雙眼，發覺自己正靠坐在廚房走道的牆前。感覺好不可思議，明明被利牧師敲昏只不過是幾秒鐘前的事，但他卻覺得這一切歷日曠久，恍如隔世。

利牧師拉起振霆的手臂，問：「大徹大悟後有什麼想法嗎？」

振霆抹去臉上的淚水，面向前方露出堅毅的眼神。「我想趕快去救欣琳！」

「很好！就是這種態度！」利牧師拍起振霆的背。「那一起去周勝翼的家吧！」

「好！」

振霆感到心情有種說不出的微妙，許多難以形容的情感在內心衝撞，雖然很想現在把這些情緒都宣洩出來，但事情迫在眉睫，欣琳身上可是還插著自己捅的那一把刀，已經沒有多餘的時間可以浪費了！

兩人奔出家門，救護車正好駛來，醫護人員將振霆的母親抬至車上，薇安在旁陪同。而利牧師說要回教會開車，桐屋醫院的方向正好有順路，所以也帶著振霆一起上車。

救護車上，母親因斷臂的痛楚而陷入昏厥，振霆見母親表情痛苦萬分，不禁想起先前自己對她的態度，不過他忍住因懊悔而生的淚水，把手放到母親的額頭上說：

「媽媽，放心吧！我一定會把欣琳給帶回來的！」

到達桐屋鄉教會，薇安本來也要跟著下車，但利牧師要她繼續陪振霆的母親，薇安知道父親是擔心自己的人身安全，所以沒多說什麼。之後，利牧師開著客車，載著振霆前往綠園社區。

路上，利牧師向振霆說明，附身在欣琳身上的四位怨靈中，有一位正在反抗其他怨靈，他說他幾乎沒遇過這種情況。不過也多虧這樣，欣琳才能到現在幾乎都沒事，不然被怨靈附身的人，通常活不過兩個禮拜，因為怨靈附身人類只為一個目的，那就是死！

「振霆，其實像今天這種情況，本來是需要找許多專業除靈人士來幫忙的，但因為事情發生太突然，沒辦法等到找齊所有人在進行除靈儀式，所以我們只能自己來了。」

「我明白，你需要我做什麼，儘管說。」

此刻的振霆雙眼炯炯有神，說起話的語調也很沉穩，在經歷過周勝翼那愚蠢又變態的人生後，為了不讓自己重蹈覆轍，他已經脫胎換骨，不再是以前那個不成熟的小屁孩了！

利牧師說：「待會兒遇見欣琳後，她很可能會直接攻擊我們，下午你也見識到那些怨靈的力量有多麼強大了，如果正面跟祂們交鋒，勢必會陷入苦戰，所以我們要直接來個內外雙攻！」

「內外雙攻？」

「是的，一見到欣琳，我會先將想對她不利的怨靈吸引出來，並把你的意識投射進欣琳的零點能量場中。之後你必須盡快在裡頭找到欣琳，她很可能被那些怨靈囚禁在某處，至於我會在外面誦經來牽制其他怨靈，等到欣琳成功奪回大腦的主控權後，除掉怨靈就不是難事了。」

「瞭解，不過那位反抗的怨靈呢？」

「這就是最麻煩的地方，我不確定那位怨靈反抗的理由是什麼，假如祂只是因為想自己殺死你妹妹而反抗的話，那對我們會很不利。所以正確流程應該是，你進去零點能量場後，你要先把那位怨靈給找出來，並查出祂的意圖是什麼，如果祂真的也是想對你妹妹不利，那就要先把祂除掉。」

「咦？難道我就不能先用量子觀測的能力看穿對方意圖嗎？」

「不行，在零點能量場中能被讀取訊息的就只有能量場的主人，其他外來的意識體是沒辦法透視的，這也是先前我為何要你侵入獸靈意識體中的原因。」

「可是我沒有跟怨靈戰鬥的經驗，應該說我到現在還搞不太懂這些東西……」

「你還記得我在你的能量場中，直接隔空斬斷你的腰嗎？」

振霆肩膀跳了一下。「還……還記得，現在想起來還隱隱作痛呢！」

「那是意識干涉，其原理是將自己的思想投入對方的能量場，強制使對方的能量場產生異變，催眠就是這麼回事。不過除非與對方的意識同步值很高，否則你投入的想法很快就會被能量場給修正掉，但也不用太擔心，因為那個能量場是你妹妹的，她潛意識應該不會排斥你。所以你只要思考積極一點，把自己想得很厲害，讓自己符合你妹妹對你的期盼就行了。」

「等等，你這說法是建立在她尊敬我才能實行的吧？如果她其實覺得我是個沒救的混蛋，而且我真的是，那我到達能量場後不就反而會變得很弱嗎？」

利牧師神情凝重地說：「事到如今也只能聽天由命了，但就算她真的沒把你當哥哥看，你思想還是要積極樂觀一點，多想一些平時讓你快樂的事，至少能讓你不被怨靈的負面能量感染。」

「好……我知道了。」

到達綠園社區時已是晚上七點鐘，由於情況十萬火急，利牧師直接將車停在社區大門口，社區管理員見狀，拿出交通指揮棒跳出來咆哮：「把車移開，不要擋在這！」

利牧師冷不防拿出十字架敲他的頭，下一秒，他已經躺在地上了。

「哇！你那十字架也太神了吧？」振霆驚嘆。

「這把十字架設有電擊裝置，能夠暫時中斷人的意識。」

「原來如此。」

兩人從管理室進入社區內部，到達周勝翼的家門口後，振霆眼睛游移一下，房屋沒有一扇窗戶是亮的，看來在這段時間還沒有人搬進去住；由於沒有鑰匙，利牧師猛然將十字架扔向窗戶，清脆的破碎聲響起，窗戶破出一個大洞。

從破碎的窗戶爬進去後，振霆立刻感覺屋內有種說不出來的異樣。不知道是不是少了電玩海報跟動漫玩偶的關係，這空曠的客廳完全感覺不出是肥宅周勝翼住過的地方，不過倒是有幾隻蒼蠅在空中飛舞。

走到廚房，依照在零點能量場看到的幻象摸著右側的牆面，期待著能找到暗門的開關；突然感到牆面有部分突出，振霆使力按了下去。「喀！」的一聲，暗門開了。
零星的蒼蠅從門縫裡飄了出來，振霆直覺不妙，利牧師則是拿出手機說：「我先報警跟叫救護車。」
振霆懂利牧師的意思，報警是要向警方揭發社區失蹤事件的真相，叫救護車則是因為欣琳身受重傷，除靈完後必須要立即送醫處理。不過就在振霆推開暗門的那一剎那，海量的蒼蠅伴隨嗡嗡巨響撲面而來！
「哇啊啊——！」振霆驚聲尖叫，同時有五隻蒼蠅飛入他的口中讓他嗆到，他在門口劇烈咳嗽，利牧師從他身旁擦肩而過，拿出手電筒往裡頭照去，望見門邊的矮冰箱上爬滿了蒼蠅。
「那⋯⋯那些失蹤女孩就在裡面⋯⋯」振霆吃力地說，因為一開口，就會有好幾隻蒼蠅飛進他的嘴裡。
利牧師將冰箱的門打開，令人窒息的惡臭立即擴散至整間房間，只見周勝翼吃剩的肉丁布滿密密麻麻的蛆，這些討人厭的小東西總是有辦法鑽入牠們喜歡的地方。
振霆走向電視的矮櫃，果不其然，矮櫃裡裝滿光碟收納盒，就跟他在零點能量場看到的景象一樣。

利牧師點了振霆的肩膀，用手電筒往房間深處照去，原來那裡還有一扇門，振霆過去將那扇門推開，一張鐵椅躍入眼中。

那密室就是周勝翼虐殺林芷楓的地方！

「振霆！你看那裡。」過了滿是蒼蠅的房間，利牧師總算開口說話；振霆照著利牧師所指的方向探去，便見欣琳背對他們跪坐在陰暗的角落。

振霆一見到她，滿是歉意的心情瞬間讓他理智斷了線，他跑過去大喊：「欣琳！我來救妳了！」

頓時，一陣扭曲的波動憑空在振霆眼前出現，利牧師趕緊跳至振霆面前，向那波動揮出十字架，一聲轟鳴，蒼藍與赤紅的火花綻放於空氣之中。

「振霆！你冷靜點，你差點就被念殺了！」利牧師激動地大吼。

「對……對不起……」

此時，背對他們的欣琳赫然彎下腰來，向他們露出倒吊的雙眼喊：「誰妨礙吾，吾就殺死誰！」

「惡靈給我住嘴！」利牧師將十字架對向她：「我奉基督之名命令妳們快點放了那女孩！」

「沒用的！」著魔的欣琳高吼一聲，扭曲的波動再度顯現，這次一口氣來了三個！

利牧師左手拿出第二個十字架向前揮舞，藍紅交織的絢麗火花爆發而出！

「振霆！現在是時候了，你過來！」

「好！」

振霆靠近利牧師後，利牧師立刻揮出右手的十字架敲了振霆的腦袋，一轉眼，本來狹小的密室竟變成一座廣大的公園！他的意識已經被利牧師投射進欣琳的零點能量場了！

將目光投向遠方，四周全都是崩毀的高樓大廈，陰鬱的天空雷聲隆隆，血色的閃電不時從上空竄過，這個世界所呈現的樣貌，簡直就像末日後的景象。看來那些女孩因為周勝翼變態的罪行，對這世界的怨恨已經到了恨不得所有人都去死的地步。

不過再怎麼說，這裡可是妹妹的零點能量場，見到她的精神世界被弄成這副模樣，振霆鼻頭一酸，熱淚盈眶，但想到自己也曾是傷害她的人，內心更加難受。

「啊！不行！」振霆趕緊搖頭，因為利牧師說過思想要正向積極一點。而且，進來後還沒看到任何怨靈，那應該趁這時候練習意識干涉來武裝自己，否則遭遇戰鬥會完全沒有反擊能力，於是振霆走到公園的中央，開始練習。

血戰怨靈

記得利牧師說過，只要想辦法讓自己成為欣琳心中最理想的哥哥，那麼干涉意識的成功率就會大幅提升。不過也不曉得自己在欣琳心中的形象到底如何……算了，先試試看再說吧！

「那邊的大哥哥！」稚嫩的嗓音猝然從背後傳來，振霆嚇得差點把心臟吐了出來。

朝聲音的方向望去，是一位綁著公主頭的小女孩，祂身穿粉紫色滑冰裙，腳上還穿著一雙冰刀鞋。

不會錯的，祂是李羽璇！得年十一歲，是繼陳嘉琦後第二位失蹤的女孩，根據過去從母親與鄰居聊天中聽到的消息，祂好像還是全國花式滑冰錦標賽新人組冠軍。

不過實在是太大意了，居然一下就被發現！剛剛應該要先躲進建築物裡，但既然現在都碰到面了，也只能祈禱祂不是敵人了。

「嗨，妳好。」振霆以微笑掩飾心中的忐忑。

「你好。」李羽璇露出一邊的虎牙嫣然一笑；祂悠然自若地滑了過來，振霆見祂直接在地上滑行，本來覺得有些詭異，但注意到祂在滑行時，冰刀下會擴散出雪白的薄冰後就釋懷了。

李羽璇溜到振霆面前，以倒退滑步在振霆身邊繞起圈來，裙襬隨著柔順的滑步而擺動，其唯美的姿態就像隻小妖精。

沒有攻擊我？這麼說不是敵人嗎？還是只是單純認為我構不成威脅？

振霆心裡想著，依照現在只有一位怨靈的情況，應該是其他三位都被利牧師吸引出去了，因為唱反調的怨靈沒必要幫祂們對付利牧師。但假如留下來的怨靈也是想對欣琳不利，那就算利牧師把其他三位都除掉，欣琳還是會有生命危險，看來只能先來試探一下了。

「啊……那個，嗯……」振霆結結巴巴，雖說是要試探，可是也不曉得該問些什麼。

「你是欣琳的哥哥對吧？」

「是……是啊！」

哇啊！主導權被對方先拿走了啦！

「那你進來這裡，是想殺了她嗎？」

「咦？」

振霆感到疑惑，隨之很快想起自己先前的確對欣琳起過殺意。對了，可以利用這點！如果對方也是想殺害欣琳的話，那只要跟祂表示自己跟祂目標一致，那就不會被攻擊了！

「對！我是來殺她的。」

「喔？所以你是真心想殺她嘍？」李羽璇在振霆背後停了下來，伸出手指輕輕戳了振霆的背。「因為我發現你身上的惡魔好像不見了呢！」

振霆感到一股寒意從背脊竄上來。

「惡魔？妳說長得很像老鼠的那個嗎？」

「嗯，我以為你是被祂附身才會對欣琳起殺意呢！那頭惡魔啊！原本是附在勝翼哥身上的，你應該還記得勝翼哥曾對欣琳做過什麼事吧？」

「當然記得。」

「然後，你阻止勝翼哥的行為讓欣琳逃過一劫，不過惡魔的殺意，可不是那麼簡單就會被阻止的。」

振霆接話說：「所以才會附身在我身上，繼續完成祂未完的殺戮對吧？」

「沒錯，看來大哥哥也明白這一切到底是怎麼回事呢！」

「不，我還是不明白，既然妳們跟那頭惡魔都想殺害欣琳，那為什麼當時還要反抗被附身的我？」

「因為我們對欣琳也有恨意啊！所以才想親自殺了她。」

「噗哈哈！」振霆笑了出來，因為他得到他想要的答案了，關鍵字就是祂口中的我們，意思就是李羽璇並不是那位唱反調的怨靈。

「咦？請問我說錯話了嗎？」李羽璇滑到振霆的面前問。

「不！沒有啦！只是沒想到欣琳她那麼顧人怨，居然連妳們也想殺了她。」雖然講起來很心疼，但振霆還是順著對方的意說道。

「因為她實在太耀眼了，只要父母親一提到她，就會不斷誇獎她多聰明多厲害……」

「可是妳不是什麼花式溜冰冠軍嗎？妳爸媽怎麼會……」

「是季軍。」

如果現在是在地雷區，那振霆應該已經粉身碎骨了。

「抱歉……我記錯了。」

李羽璇搖頭淺笑：「沒關係，過去的事就過去了，你要來嗎？」

「嗯？要去哪裡？」

「當然是去死啊！」

「喔對！真是抱歉，我這個人常搞不清狀況……咦？妳剛是不是說……」

「唰」的一聲，鋒利的冰刀快速從眼前劃過。

「哇啊啊——！」振霆跌坐在地。「妳……妳幹嘛啦？」

李羽璇面露凶相：「嘖！被躲過了嗎？」

「當然是躲過了啊！不然我怎麼還活著？」

「那就再一刀！」李羽璇抬起右腿，垂直劃下，振霆趕緊用雙手將自己身子往後推，冰刀在褲襠前五毫米處劃了下來。

搞什麼？為什麼突然殺過來了？

振霆以僵硬的姿勢往後翻滾，接著站起身喊道：「我們目標不是一致嗎？為什麼想殺我？」

「嘻嘻！大哥哥，你不要以為我們是小孩就很好騙喔！」

「我沒有騙妳，我是真的想殺了欣琳！」

李羽璇指著天空說：「那外面那個大叔你要怎麼解釋呢？」

「啊！」振霆感到五雷轟頂！因為自己是跟利牧師一起過來的，所以這些怨靈早在他進來這裡時就知道他的意圖了！

天啊！他們怎麼會犯那麼愚蠢的錯誤？如果利牧師是隔著房間把他的意識傳進去，那倒是還能蒙混過去，不過現在抱怨也沒用了，還是先保命要緊！

振霆將手掌對準地上，在腦海幻想那裡有一把劍。

立時，一道藍色閃光從空中落下，在振霆眼前直直插入地面，那是一把銀製的長劍！

「哼！所謂的意識干涉就是這麼回事吧？」振霆舉起劍來，發現劍柄雖然堅硬，但劍本身卻輕如羽毛，難道是因為平時遊戲玩太多，所以才會無意識認為劍要起來不需費力嗎？

「大哥哥有學過劍術嗎？」李羽璇問。

「有啊！別瞧我這樣，我劍術可是很強的！」振霆胡扯一通，總不能召喚劍卻說自己不會用劍吧？

「是嗎？那就好，因為在這個世界，如果召喚出的是自己不清楚的東西，那很快就會碎掉了喔！你看，就像那樣。」

見李羽璇笑著指著自己，振霆低頭一瞧，手上的劍已經布滿深紅色的裂痕，接著一聲物體碎裂的清響，劍身碎了。

「哇啊！」振霆嚇得把劍柄扔掉，再來又想像眼前有兩把銀劍，兩道藍色閃光從空垂直落下，振霆雙手舉起劍說：「哈哈！其實我是練雙刀流的。」

結果才剛說完，兩把銀劍又應聲碎裂。

「呵呵，大哥哥真有趣呢！但，也是時候結束這場鬧劇了。」語落，李羽璇高速朝振霆衝來，振霆立地下腰，冰刀從上身橫掃過去，差點就被砍到！但攻擊還沒結束，李羽璇以華麗又優雅的姿勢再度踢出四連擊，振霆想也不想，從手中召喚出劍朝對方踢擊的軌道揮去，就算劍一下就會碎了，但至少能撐一下。戰鬥時只要能多存活一秒，哪怕再爛的方法也都要用！

鐵器交鋒的聲響猛然爆發，一聲接著一聲不斷在公園內響起；振霆每次都在最緊急的時候召喚出劍，擋下對方的攻擊，但對方總是會在劍身碎掉後立刻補上下一刀，所以振霆很快就感到疲倦，畢竟只能守不能攻，等同行動完全被封死。

突然右臂噴出鮮血，他召喚慢了一步，劍身等到手被劃傷才現出形來。

「大哥哥，你就認命吧！一直召喚這些破銅爛鐵有什麼意義？」

「可惡！」振霆趁機使盡全力向後跳躍，才總算與李羽璇拉開距離。

祂好強啊！振霆咬牙切齒，如果召喚出來的武器只能在這世界存在一秒，那就必須召喚能夠一擊必殺，且速度夠快的武器。

有了！

振霆左手揮上前，一把銀色的沙漠之鷹從中顯現！

「砰」的一聲巨響，李羽璇甚至還沒被聲音嚇到，腹部就先湧出血來了。

「嗚……」祂跪倒在地，抱著腹部吐了一口鮮血。

「哇哈哈！」振霆看著化為碎片的沙漠之鷹笑說：「山不轉路轉，路不轉我轉！還好我夠聰明，能想到這種妙計。」

「可惡……你這只會打電動的臭宅男！」

「打不贏就開始人身攻擊了喔？真是幼稚呢！呵呵！」

「對啊！果然是小鬼……咦？」振霆發出驚叫：「喂！前一句話是誰說的？」

「是我。」身穿跆拳道服的雙馬尾女孩站在公園的大象溜滑梯上叉著腰。

不會錯的，她是徐妙芬！得年十二歲，是繼李羽璇後第三位失蹤的女孩。另外從她腰上那條黑色腰帶就能得知，她的戰鬥力絕對比花式溜冰舞者李羽璇還要強好幾倍！

徐妙芬從溜滑梯上跳下來，走到腳下已經積了一灘血的李羽璇身旁說：「唉！會輸給這種貨色，就代表妳對這世界的恨意還不夠。」

「對不起……」

「沒關係，接下來交給我吧！」

「那嘉琦她呢？」

「還在外面對付那個大叔，別擔心，現在的戰況，她一個人也綽綽有餘。」

「你們是說陳嘉琦嗎？」振霆疑惑地問：「她跟你們也是一夥的？」

「是啊！她現在正在處理外面那個大叔呢！」

聽她這樣講，看樣子剩下的林芷楓就是那位唱反調的怨靈了！

不過利牧師是陷入苦戰了嗎？不然怨靈怎麼一個接一個來？

徐妙芬緩步走向前說：「我剛聽你的問題，難道你也知道我們之中有人不合群嗎？」

「知道，利牧師有跟我說了，但為什麼林芷楓她不聽你們的話？」振霆想趁機問出他與利牧師最想知道的問題。

「因為她們交情好啊！」徐妙芬露出厭惡的神情：「真是可惜，明明我們可以一起聯手折磨潘欣琳的說。」

振霆忍不住氣，破口大罵：「可惜個屁！妳們到底是在氣欣琳哪幾點？」

徐妙芬緩緩說道：「還記得去年社區舉辦的音樂會嗎？我爸媽自從那天看了潘欣琳的表演後，就一直說我如果也能去學小提琴那有多好之類的話，日日夜夜一直講我都快煩死了，我唯一有興趣的就只有跆拳道而已啊！」

「喔！啊不就好可憐？」

「喂！你不也很討厭欣琳嗎？你以前對她做的好事，我們都有從她的記憶看到喔！」

「以前的我確實是個人渣，但是現在不一樣了！改變永遠不嫌晚，我要努力成為她最理想的哥哥！」

「喔！關我屁事？」徐妙芬一副事不關己地說。

「去死啦妳！」振霆召喚沙漠之鷹對祂扣下板機，震撼的槍鳴直衝雲霄，但徐妙芬卻早在槍響前消失在振霆眼前。接著，在振霆感到腰部發疼時，他整個人已經飛出公園，並撞入一旁的廢棄速食店內，落地窗玻璃碎了滿地，振霆一手抱著側腰，一手將自己撐起。

「搞……搞什麼鬼？咳嘔嘔……」振霆咳嗽劇烈，殷紅的血不停從口中噴出。

徐妙芬從廢棄速食店破碎的落地窗中跳了進來，走到振霆面前，一把捉起他的頭髮對他笑道：「嚇一跳吧？我那厲害的迴旋踢。」

「妳才該嚇一跳哩！」振霆在徐妙芬太陽穴旁召喚沙漠之鷹，轟隆一響，槍口噴出的火花蓋住視線，但煙硝散開之後，卻不見徐妙芬的人影！

「又是虛空瞬動？該死！」

振霆還來不及回首，背部就被重重一擊，他的身軀撞破速食店另一面落地窗，摔落到外頭的柏油路上。

「嘔嗯——！」振霆吐了好多鮮血，他快不行了！

可惡……現在真的得先強化自己，否則根本無法應付徐妙芬那樣的意識干涉，不過欣琳理想中的自己到底是什麼樣子的？難道是陽光外向的運動型男嗎？

振霆在腦中想像自己身穿運動衫打籃球的樣子，只要體能好，應該就有辦法做到徐妙芬那樣的高速移動。

不行！他猛然搖頭，自己根本不會打籃球，依照能量場法則很快就會被修正，那麼擅長讀書的資優生呢？還可以強化智力提升戰略性，但還是不行！因為自己也不會讀書。

此時，振霆感到心裡像是被人用鐵鎚狠狠敲了一記，他發覺自己什麼都不會，記得父親以前常跟自己說：「有空就多學一點東西，因為你無法預測你未來會碰到什麼樣的問題。」

該死！好後悔啊！為什麼要到快死了才發現，原來父親所說的話其實都是在為自己著想呢？

「嗚嗚！」振霆不甘心地哭了起來，這已經不知道是他今天流的第幾次淚了。

徐妙芬從速食店中跳出來，重重落在柏油路上。

「哈哈！你這樣好醜喔！不過別傷心了啦！我很快就會送你下地獄了。」

徐妙芬握起拳頭，兩腿一前一後，準備對振霆放出最後一擊，就在這時，幾顆火球猶如流星般墜向徐妙芬，徐妙芬一個後翻，立時跳離地面七公尺高！火球墜在她原先身處之地爆炸開來，刺眼的白光隨著轟天巨響閃現，振霆反射地舉手遮起雙眼，腦子則納悶又發生什麼事了？

徐妙芬落在一棟廢棄公寓上，臉色不悅。「煩耶！我差點就能殺死他了，妳是要亂我們亂到哪時候啦？」

一個人影從振霆面前落下，豎立在柏油路上的熊熊大火前，赤紅的火光讓振霆能清楚看見那人的面貌，那是一位身穿小學制服，綁著馬尾的女孩。

是林芷楓！看她手上還拿著三支水彩筆，就想到祂還曾經在全國美術比賽中獲取「特優」的成績。說到這裡，振霆才驚覺到原來社區的小孩各個天賦異稟。同時也很慶幸自己有把周勝翼送進醫院，不然不知道還有多少女孩，會因為他那噁心的性癖而葬送光明的未來。

徐妙芬對著林芷楓大喊：「妳不再繼續躲下去嗎？」

「沒必要躲了，因為能解救欣琳的人就在這裡！」林芷楓轉頭對振霆說：「大哥哥，你對欣琳真正的心意，我剛剛都看到了，放心吧！其實她沒有像你想像中的討厭妳，我現在馬上帶你去找她。」

振霆痛哭流涕對祂磕頭：「那就拜託妳了！」

「妳以為還能再胡鬧下去嗎？」徐妙芬吼完，從公寓上一躍而下，林芷楓持水彩筆向前揮去，憑空生出的熾熱火舌瞬間使整條街道陷入火海，接著林芷楓向後一畫，一隻黑身白頭的巨大猛禽顯現而出。

林芷楓跳上體型跟一輛客車差不多大的猛禽背上，振霆緊跟在後，不過還沒穩住身子，猛禽已振翅高飛。

「哇啊啊！」振霆差點從猛禽身上摔落，還好林芷楓及時伸出手穩住他的身子。

「抱歉，對大哥哥來說或許太倉促了，但我力氣已經所剩無幾，沒辦法再帶欣琳繼續躲著她們，所以一定要趕快帶你去見她才行！」

「咦？難道妳這兩個月來，都一直在幫欣琳對抗她們？」

「是的，說來真不好意思。」林芷楓面有愧色地說：「其實當初她們向我提議要不要一起殺死欣琳時，我曾猶豫，因為明明經歷同樣的遭遇，但結局卻大不同……不過一想到生前與她在一塊的回憶後，就又下不了手了。」

「原來如此，雖然不曉得妳和她的交情有多深，不過妳們的友情是真的，這樣我就放心了。」

振霆想起先前那兩名女孩，她們都是因欣琳過度超卓而怨恨她，但這根本不是欣琳的錯啊！如果她們的父母不要老愛跟別人的小孩比較就好了。

猛禽在一棟廢棄飯店的頂樓降落，林芷楓與振霆都落地後，猛禽便消失了。林芷楓在振霆前方帶著他跑向逃生門口，這時，詭異的鋼琴旋律從旁傳了過來。

「糟糕！」林芷楓停下腳步。振霆往她看的方向望去，即見不遠處有台黑色三角鋼琴。從打開的琴蓋看過去，可以看見女孩左耳上的紅色蝴蝶結髮帶隨著旋律擺動。是陳嘉琦！振霆額頭冒出冷汗，如果連她也出現在這裡，那外頭的利牧師肯定凶多吉少。

音樂忽然停了下來，陳嘉琦站起身說：「嗨！大哥哥，我們又碰面了。」

「那一晚在欣琳房裡的果然是妳！」振霆氣憤地說。

「沒錯，順便說一下，在那之後，把欣琳房間搞得一團亂的人也是我。」

「這樣惡整我們很有趣嗎？」

「唉呀！好兇喔！我那時候純粹只是想讓你爸把你趕走嘛！畢竟那時候你身上還寄生著那頭惡魔。」

振霆憶起當時欣琳畫的老鼠人插畫，原來那張圖的用意是這麼回事。

林芷楓此刻將一支水彩筆遞給振霆。

「大哥哥，你現在快去樓下的2324房，這支水彩筆能夠將門上的繪鎖解開。」

繪鎖？是指她畫的鎖嗎？算了不管了，振霆接過水彩筆，向她說了聲謝謝。

「才剛見面就要走了嗎？難得我剛寫完一首動人的曲子耶！」陳嘉琦說完，詭異的鋼琴旋律再度響起。

「嗚！」林芷楓突然緊抱起身子，扭曲的臉上盡是痛苦。

「喂！妳怎麼了？」振霆擔憂地問。

「大哥哥，你知道音樂能夠重現過去的情景嗎？」

「過去的情景？」振霆的腦海閃過不好的畫面，他大吼：「該不會……」

「哇啊啊啊——！」林芷楓發出淒厲的尖叫，只見殷紅的鮮血從她百褶裙下流了出來。不會錯的，這是在重現周勝翼對她所做的虐殺！

「妳這渾蛋！同樣都是女孩子還這樣對她？」振霆吼音落下，三角鋼琴頓時被一道半月形的光束給切成兩半！

陳嘉琦跳到一旁，露出僥倖的神情說：「真是好險！沒想到妳還能反擊啊？」

「當然……」林芷楓嘶啞地說：「我……我死前可不想聽那麼難聽的歌……」

振霆見她流滿鮮血的雙腿頻頻發抖，趕緊跑過去喊：「妳別再硬撐了啦！」

「不要過來！」林芷楓對振霆揮出水彩筆，半月形的光束從振霆的耳旁削過。

「為……為什麼？」

「徐……徐妙芬很快就會趕來了，你快去找欣琳吧！」

「可是妳……」

「快去找她就對了！」林芷楓在振霆的腳邊劃出三道斬擊，振霆便隨著崩塌的地面往下墜去。

「嗚喔！」振霆摔落在地，耳邊不停響著碎石崩落的聲音，接著他抬起頭，為林芷楓的捨身舉動表示最大敬意，向崩出大洞的天花板舉手敬禮。

謝謝妳，林芷楓，雖然和妳不熟，不過這段時間要是沒有妳，那我就再也見不到欣琳了，日後，我一定會為了妳那拼命守護她的心，好好地和她一起活下去！

完美偶像

振霆在飯店的長廊上尋找林芷楓所說的2324房，在一個轉角過後，便見一扇布滿枷鎖的房門。

「就是這裡了。」振霆確認門號無誤，向枷鎖揮出水彩筆，枷鎖應聲斷裂，情緒激動的振霆將門狠狠踹開，結果這一踹，剛好把門另一邊的長髮女孩給撞倒在地。

「欣琳！」振霆奔去抱起她說：「妳還好吧？對不起，我不曉得妳在門的前面……」

「我……我沒事！」欣琳摀著鼻頭，雙眼瞪得斗大。「倒是哥哥怎麼會在這裡？」

「當然是來救妳的啊！」振霆伸手摸她的頭，眼前霎時白光閃爍，數不清的影像湧入腦海，由於過於突然，他還差點暈了過去！接著，耳邊逐漸傳來許多人稱讚的歡呼聲，振霆緩緩睜開雙眼，見到一位留著長髮，身穿黑色禮服的小女孩，拿著小提琴向前九十度鞠躬。

這是十一歲時的欣琳！振霆因零點能量場法則開始觀測她的過去。

當時的她，在全國小提琴大賽獲得第一名首獎而倍受讚賞，不過本來應該是要高興的場合，振霆卻隱約感到她似乎在強顏歡笑。

怎麼回事？為什麼見到那份微笑，胸口就會感到一種快被撕裂的痛楚呢？

畫面一轉，場景來到學校教室，欣琳上台領獎，老師站在她身旁，向全班同學說：

「潘欣琳每學期都拿第一名，大家要以她為榜樣，好好努力用功讀書才行喔！」

「是！老師。」全班同學異口同聲。

放學時，欣琳才剛收拾完桌上的課本，一群女同學卻將她團團圍住。

「我們有話要跟妳說，跟我們走吧！」

雖然覺得她們不懷好意，不過對方人多勢眾，欣琳還是只能乖乖跟著她們走。當眾人來到校舍後方，帶著眼鏡的女同學便說：「為什麼又拿第一名？不是跟妳說我這次再拿不到第一，我爸就不會買生日禮物給我了嗎？」

「可是我數學有照妳說的，沒考超過九十五分……」

「吼！妳這傢伙真是死腦筋耶！」眼鏡女將臉貼近欣琳：「雖然我當時只有跟妳說數學別考超過九十五分，但那是我以為妳夠聰明，知道我說別再拿第一的意思，就是全部科目都別給我拿太高分！真是的，硬要我說破，妳腦子就不能靈敏一點嗎？」

「對……對不起！我下次一定會考低一點的！」欣琳頻頻低頭道歉。

「妳別再騙了啦！」戴著髮箍的女同學說：「上次還假裝好心借我們抄筆記，結果考試根本就沒考上面的東西！」

「咦？我記得都有考啊……」欣琳從書包拿出筆記本翻閱。「妳們看，這些我圈起來的地方不是都有考到嗎？」

突然一隻手將筆記本抽走，隨後整本筆記被撕成碎片。

「現在沒有了。」

「什麼意思？」欣琳滿臉不解。

「就是說妳這傢伙是個騙子啦！」

「搞什麼……不然妳們把妳們各自的筆記都拿出來啊！」欣琳生氣了，她要她們自己交出證據還給自己一個清白，結果此話一出，全員都拿出筆記本並在她眼前將其撕碎。

「哇！這下考試重點都不見了耶！」

「對啊！還敢說有給我們重點，果然是只顧自己的騙子！」

「妳們……不想跟妳們說了啦！」欣琳轉身想走出她們圍起來的圈圈，但她們肩靠肩硬是不讓她走。

「妳給我等等，還有帳沒跟妳算清楚。」眼鏡女雙手交叉在胸前說。

欣琳渾身發抖，淚水在眼眶打轉。「不……不然妳生日禮物想要什麼，我買給妳嘛……」

「我不是在說我啦！黃稻狩，你可以過來了。」

「好喔！」一個戴著校帽的男生走了進來。「嗨，潘欣琳妳好。」

「你好……」

眼鏡女拍了欣琳的背。「妳還好意思回應他喔？妳不是把他甩了嗎？」

「咦？我沒有啊？」

「明明就有！」黃稻狩指著她說：「那封情書我可是花了三天三夜才寫完的，但是妳居然只花不到一分鐘的時間就給我退件！可惡！妳是瞧不起我嗎？」

「我沒有瞧不起你，我只是認為我們現在交往還太早……」

「拜託！都什麼時代了？小學生人人一支手機都已經不是什麼新鮮事了，別跟我說什麼太早啦！」

眼鏡女在旁附和：「對啊！妳看我們隔壁班的紫萱都在跟大學生交往了，好不容易有男生追妳，妳就接受他的好意嘛！」

「可是……我覺得還是太早了……」

「我知道了，是因為少了這個對吧？」黃稻狩拿出五張千元大鈔說：「這樣有心動了嗎？」

「哇！好帥喔！」一旁的女同學紛紛發出驚嘆。

眼鏡女說：「潘欣琳，人家都拿出這樣的誠意了，妳就別再裝清高了好不好？」

「什麼裝清高？別欺人太甚了！」欣琳揮出手拍掉黃稻狩的千元大鈔。「你們以為我好欺負嗎？再說，妳們如果想裝成熟，就別給我搞這種幼稚的把戲啊！」

「唉呦！大家都有聽到嗎？」眼鏡女說：「她說我們裝成熟耶！意思是她自己很成熟嘍？」

「既然成熟的話，親一下也無妨吧？」黃稻狩跳到欣琳身旁，逕自伸手勾起她的肩。

「不要！你走開啦！」欣琳在黃稻狩的懷中死命掙扎。

「親一個！親一個！親一個！」

旁人開始鼓譟起來，眼見黃稻狩嘟起的嘴巴快碰到自己，欣琳想也不想，直接狠狠往他兩腿間踢去。

「唉呦！」黃稻狩整個人跳起來失聲哀叫。

「潘欣琳妳幹什麼啦？」

「第一名就可以隨便亂打人嗎？」

「是不是只要功課好就可以做壞事啊？反正學校也只會看成績。」

「難怪會一直考第一名，因為妳這傢伙是個大壞蛋！」

欣琳聲淚俱下：「以後再也不跟妳們說話了啦！」

在她飛奔離去時，還有人在她背後說：「不要說話最好！誰會想跟妳這種自視甚高的傢伙說話啊？」

為什麼？為什麼妳們要這樣對我？

欣琳緊咬嘴唇，止不住的淚水不停從臉頰上滑落，她完全不懂她們欺負她的理由在哪？如果只是因為不小心拿第一名這件事而對她生氣，那倒還可以說得過去，因為這的確是自己承諾過的，可是剛才她們很明顯就不是單純為了這件事而來的。

沒錯……其實自己早就察覺到了，她們打從一開始就沒把自己當作朋友，她們只不過是把她拿來當失敗的藉口而已。

但，自身的優秀確實會傷到他人，這是在回到家後，欣琳所意識到的事實。

「把成績單交出來。」

客廳，父親拿著藤條拉長著臉，欣琳與當時十三歲的振霆一同交出成績單。

「又是第一名嗎？真不愧是我的女兒啊！」父親面帶微笑地對欣琳說。

「又是最後一名！你真的是我的兒子嗎？」父親面紅耳赤地對振霆說。

晚上，振霆的哀號隨著藤條劃破空氣的聲音一一傳進房裡，欣琳蜷縮在床角摀著耳朵，盡是愧疚。

隔日一早，振霆因為屁股被打得皮開肉綻，只能站著吃飯，欣琳見振霆雙眼紅腫，就悄悄對他說：「哥，我下次會跟你一起考最後一名的。」

「好啊！」臉色本是苦悶的振霆一下就眉開眼笑，他大聲嚷嚷：「妳最好都考零分，讓爸爸把妳打死！」

「你說什麼？」父親猝然出現在振霆身後。「你是在威脅欣琳嗎？」

「我沒有啊！是她自己說要考最後……」

「別狡辯了！」父親一巴掌把振霆打倒在地。「居然威脅自己的妹妹，你這哥哥到底怎麼當的啊？」

欣琳趕緊站起身說：「不是的！哥哥他沒有……」

「坐下！」父親對著她說：「我不是有說過嗎？被欺負的話要勇敢說出來啊！」

「可是哥哥真的沒有……」

「好了，別再說了，爸爸都知道。」

父親轉回頭，對振霆斥吼：「你看看你，有那麼善良的妹妹竟然還威脅她？你這樣還算是哥哥嗎？」

父親開始對振霆拳打腳踢，欣琳雙手摀起嘴巴，充滿歉意的淚水奪眶而出。

然而，在經歷不開心的早晨後，緊接而來的又是不開心的校園生活。

欣琳一進教室，就見黑板上貼著一張大大的海報，上頭大大寫著「通緝：極惡少女！」這幾個字樣，中間還貼了一張照片，仔細一看，那是欣琳昨天踢黃稻狩跨下的照片。

「這……這是誰用的啊？」欣琳不滿地拍著黑板上的海報。

「唉噁！一進來就生氣，真的是極惡少女耶！」

「好可怕喔！我們班怎麼會有這種人？」

「而且這種暴力女還是全班第一名，根本一點道裡也沒有嘛！」

台下的同學們像是說好了一樣，全都開始嘲弄她，欣琳一時氣不過，把海報撕下揉成一團，重重砸在眼鏡女的臉上。

「喂！是妳們用的對吧？」欣琳怒吼。

眼鏡女被這麼一丟，雙眸登時紅了起來。

「好痛喔！嗚嗚……」她趴在桌上痛哭，其他同學看到，馬上對欣琳說：「喂！

妳怎麼把人家弄哭了啊？」

「等等……」欣琳苦笑地說：「只不過是團紙球，沒那麼痛吧？」

「重點不是痛不痛的問題，而是妳再怎麼生氣，也不能這樣亂丟人啊？」

「啊……對，的確是這樣沒錯……」欣琳彎下腰，對眼鏡女說：「對不起！我剛剛太衝動了，請妳原諒我！」

眼鏡女抬起頭吐出舌頭說：「我才不要哩！」

「妳這暴力女離我們遠一點啦！」戴著髮箍的女同學將欣琳推開，欣琳一個重心不穩，跌坐在地。

「哈哈！大家看她那副蠢樣！」

「笑死人了，我們一起來扔她吧？反正她剛剛自己說不會痛的。」

「好喔！我這裡有不要的橡皮擦。」

嬉笑之下，大家竟開始對欣琳扔起東西，其場面就像中古世紀的石刑一樣殘暴。

「喂！你們在做什麼？」老師的吼道，應聲中止他們的行徑，接著他把欣琳從地上扶了起來。

「誰能好好跟我解釋這到底是怎麼回事？」老師板著臉說。

「老師，是欣琳她啦！她亂扔別人東西。」髮箍女把揉成一團的海報打開，並將裡頭的照片給老師。「還有她昨天還亂踢人，我們都有拍下來了！」

眼鏡女哽咽地說：「老師，潘欣琳她說什麼只要功課好，不管做什麼壞事都不會被老師罵，請問真的是這樣嗎？如果真的是這樣，那我……我就只能請我爸媽找記者來了……」

「好啦！好啦！老師會好好處理，你們通通回座位坐好。」接著老師對欣琳說：「跟我過來一趟吧！」

欣琳跟著老師來到辦公室後，老師便對她說：「唉……原來稻狩的傷真的是妳用的。」

「咦？他受傷了？」

「是啊！昨天晚上，他的父母打電話跟我說他的睪丸瘀血，說是妳踢的，本來我還不相信，結果沒想到今天就看到照片。」

「不會吧……」欣琳內心五味雜陳，不曉得該說什麼。

「不過老師相信，妳會踢他應該是有逼不得已的理由對吧？」

欣琳噤聲，點了點頭。

「那就好，果然是乖孩子。」老師拍了拍欣琳的肩膀，然後伸出大拇指摸向她的鎖骨說：「不過他父母說要提告耶！像這種會影響日後生活的傷害賠償可是很重的喔！妳覺得老師該怎麼辦比較好呢？」

「這個……我……」

「別擔心。」老師將臉湊近，在她耳旁輕聲地說：「妳中午如果來體育器材室，那老師就會幫妳想辦法解決。」

黃昏，欣琳神情恍惚地走在河堤上，兩腿走起路來一跛一跛的；忽然感覺有人在拍她的背，轉頭過去，一位綁著馬尾的小女孩映入眼簾。

「芷楓？」

「姊姊好！」林芷楓對她露出微笑。

當時只有九歲的林芷楓和欣琳讀不同學校，回家也都是父母接送，所以欣琳對於她的出現有點訝異。

「今天妳爸媽沒載妳嗎？」

「對啊！因為這次比賽連一個獎都沒拿到，所以他們說以後都不來載我了。」芷楓笑嘻嘻地說。

「蛤？妳爸媽怎麼這樣？」

「沒關係啦！多走路身體才會健康，妙芬姊姊不是都這樣說嗎？」芷楓說完，還擺出跆拳道揮拳的姿勢。

「嗯……芷楓，妳好堅強啊……」

「什麼？」

「沒有啦！只是如果是我被爸媽說以後都不來載我的話，那我肯定會哭得唏哩嘩啦的吧？」

「可是姊姊，妳現在就在哭喔！」

「咦？」被芷楓這麼一說，欣琳才發現自己滿臉都是淚水。

又哭了嗎？我……沒想到居然連小自己兩歲的芷楓都不如，我到底是在做什麼啊？

「姊姊妳沒事吧？」芷楓遞出手帕說：「是不是牙齒痛啊？我上次就是因為蛀牙所以才哭得那麼慘呢！」

「噗！」欣琳忽然笑了一聲，接著她摸摸芷楓的頭說：「我沒事，只不過是一時昏了頭而已，謝謝妳。」

「嗯，姊姊沒事就好了！」芷楓原本擔憂的神情也恢復了笑容。

欣琳心想，要是沒遇到芷楓的話，現在她可能已經葬身在河堤旁的河水中了。

對於曾萌生過自殺念頭的自己，欣琳再度感到自己有多麼脆弱，因為自己從小到大，都是遵循著父母的意願走過來的，父母要她做什麼，她就做什麼，而且會將其執行完美透徹。所以已經習慣凡事都要符合他人期待的她，如果突然有天，有人因她不符合自己期望而受傷，那她就會感到坐立不安，畢竟符合他人期望就是她的人生信念！

所以，同學要她不要考第一名，那就不要考第一名吧！黃稻狩想要跟她交往，那就答應吧！老師想要她的胴體，那就給他吧！哥哥想要善解人意的妹妹，那就對他貼心點吧！如此一來，事情不就全都解決了？

對啊！只要好好扮演眾人理想中的自己，那麼，她就能繼續以「潘欣琳」這代表完美的名字活下去了！

「不對——！」振霆使盡全身上下的力氣大聲吼叫，在經歷欣琳那驚心動魄的過去後，振霆椎心泣血，痛澈心脾，他將欣琳緊抱在自己懷裡，哀哀欲絕地說：「就算妳沒有做這些事情，妳依然還是潘欣琳！妳依然還是我那最體貼的妹妹！所以……千萬別說這種為了他人而活就好的話！因為人都是有私心的，像這樣完全地為他人付出，只是不斷在傷害自己而已！」

「可是如果我不這樣做，就會有人受傷啊！」

「我才不管！他們怎麼樣是他們的事，重點是妳啊！」振霆放開雙手，雙眼注視她說：「無論別人怎麼想，妳就是妳，別把其他人的過錯都攬到自己身上！像那些同學，明明就是他們父母思想有問題，他們怎麼可以胡亂對妳發脾氣呢？還有那個老師，等我出去，我一定送他進醫院陪周勝翼！」

「那你呢……？」

「我？」

欣琳愁著臉說：「這些年來，我一直害你被爸媽責備，甚至還讓你失去家中的地位，其實我明明可以跟你一起考最後一名的，可是卻因為怕挨打、怕責備，所以就一直沒有做，然後就一直……一直讓你被……」

「夠了。」振霆把手指輕放到欣琳的脣上，接著，他在欣琳面前，將頭重重磕在地上大喊：「對不起！這些年來讓妳受盡委屈了！」

欣琳哭到久久不能自已，連聲音都哭啞了，不過她流下的並非是因痛苦而生的淚，而是總算能夠放下一切重擔，能夠好好為自己而活的淚水。

之後，振霆輕撫欣琳的背說：「抱歉，其實我還有很多話要跟妳說，不過現在得先讓妳奪回妳自己身體的主控權才行。」

「嗯……」欣琳將淚水抹去，露出堅毅的眼神說：「那要怎樣才能奪回主控權？」

「這個嘛……我記得我是下定決心痛改前非才奪回來的，而妳應該是只要認同自己就行了吧？」

「才沒那麼簡單呢！」陳嘉琦突然出現在 2324 房的門口，她笑著說：「妳的世界已經被我們侵蝕的滿目瘡痍，想要奪回主控權的話，至少也得先清掉身為害蟲的我們吧？」

「妳還好意思說！」振霆激動站起身吼道：「快點放了我妹妹！我妹妹根本就沒必要為妳們過去所受的責難負責！」

「你給我閉嘴！」徐妙芬隨著吼音出現在振霆眼前，一聲轟然巨響，振霆整個人被轟到隔壁的 2325 房。

「哥哥！」欣琳從破出大洞的牆壁跑到 2325 房，將渾身是傷的振霆扶了起來。

「真是搞不懂耶！」徐妙芬雙手叉腰說：「這廢物可是曾經想拿棒球棒揍妳的混蛋，妳為什麼還要替這人渣擔心啊？」

「他不是人渣，他是我哥哥！」

「喔？還真有愛啊？算了，妳高興就好，反正妳的肉體註定要為我們而死了。」

徐妙芬握起拳頭，擺出備戰的姿勢。

「等一下。」陳嘉琦對欣琳說：「我想再跟妳來一曲，妳覺得怎麼樣？」

「什麼怎麼樣？妳是想報去年音樂會的仇嗎？」

「是啊！我好像侵入妳大腦時就有跟妳說過了，妳那時表現得太優秀，害我之後鋼琴如果沒練滿七小時就不准睡覺，妳知道那樣的生活有多痛苦嗎？」

「要抱怨的話就去找妳爸媽，不要跟我說這些！」欣琳態度強硬了起來，看來她已經開始認同自我了。

「所以答案是不嗎？好吧……看來只能用逼的了。」陳嘉琦彈響一聲手指，一台直立式鋼琴便將房裡的雙人床給取代掉，陳嘉琦走過去，將琴鍵蓋打開說：「其實我剛又寫好了一首鋼琴曲，是專門獻給大哥哥的喔！」

「什麼？」振霆想起先前的林芷楓，他皺起眉頭說：「妳該不會又想重現什麼鬼東西了吧？」

「嘻嘻，我從欣琳的記憶看到你被父母責備的矬樣，看了就好有趣，所以想要再讓你重返當時歡樂的時光，來吧！大哥哥，快給我你那因被責備而扭曲的表情吧！」

「不會讓妳得逞的！」欣琳對著鋼琴向上揮手，整座鋼琴竟撞破天花板飛了出去。

「這……這怎麼可能？」陳嘉琦和徐妙芬兩人臉色發白，不敢置信。

「有必要這麼驚訝嗎？這裡是我的世界，我本來就能任意操控這裡的物體吧？」

「妳這當了兩個月的廢人是在囂張什麼啊？」陳嘉琦震怒，轉頭對徐妙芬說：

「把他們都殺了！」

徐妙芬扭著頭折起手指。「不用妳說，我本來就打算這麼做了。」

欣琳伸出手護在振霆前方說：「哥，你就待在我背後吧！」

「不，是妳要待在我背後。」振霆站到欣琳前方說。

「咦？可是由我來不是比較好嗎？」

「長期以來，妳一直都在為他人心中的期望而活，不過現在，也該是時候換別人為妳心中的期望而活了！說吧！妳對我的期望，無論是什麼樣的形象，我一定盡力做給你看！」

「對哥哥的期望嗎？」欣琳露出苦笑說：「其實我沒什麼要求耶……」

振霆差點跌倒。「不……不會是因為我做人失敗的關係吧？唉！其實妳會這麼說我也不意外啦！因為我本來就很爛，哈哈。」

「才不是！」欣琳雙手握起振霆的手說。「我……我所期望的哥哥，只要每天都快快樂樂，無憂無慮的就夠了！」

振霆聽聞，心臟震了一下，這是他頭一次打從心底認為，有一個這麼棒的妹妹真是幸福！

「也就是說，只要快樂就好了吧？」振霆踏出步伐，扭起肩膀說：「好！那就Let's Rock！」

吼音剛落，金黃色的光芒從振霆身上爆發而出，狂亂的氣流瞬間襲捲整間套房，陳嘉琦遮起臉說：「什麼？這股異常龐大的能量是怎麼回事？」

「別擔心，看我秒殺他！」徐妙芬說完，化為殘影倏地消失！

「哼！還是同一招嗎？」振霆說完，身子也瞬息消失無蹤。

剎那，一聲慘叫從空中發出，只見振霆一拳重擊徐妙芬的後背當場令她胸膛炸裂，肋骨、肺臟、胃、肝臟等臟器登時噴得亂七八糟。

「徐妙芬！」陳嘉琦驚聲呼叫，但被開膛剖腹的徐妙芬已經癱倒在血泊之中。

「接下來換妳上路了。」

「等……等等！」驚慌的陳嘉琦揮舞著手，不過還沒說出下一句話，振霆的拳頭就已砸在她的頭上讓祂頭顱炸裂，腦袋、腦漿、眼球等碎肉全部伴隨鮮血灑落一地。

在無頭的身軀倒下之後，飯店便是一陣天搖地動，振霆說：「別擔心，這應該是因為她們消失了，所以這噁心的世界也開始跟著毀滅了。」

欣琳點頭。「我知道，我感覺到了，我的體內正在湧出某種能量！」

「這樣，一切就都結束了吧？」

振霆帶著欣琳走到房間的窗口，窗外的廢棄大樓逐一瓦解，上頭那陰鬱的天幕也逐漸化為輝煌的金色，此時振霆轉頭對欣琳說：「抱歉，其實我知道無論我做什麼都無法彌補我過去對妳所做的一切，但我還是想厚臉皮地請妳再給我一次機會，因為我想改變！我發誓從今以後，我會好好用功讀書，靠自己的努力來獲取父母的認同，並成為妳理想中的那位，每天都快快樂樂的哥哥！」

欣琳瞇起眼，對振霆露出笑容：「嗯，我相信哥哥一定會成功的！」

「今後請多多指教。」

「我也是。」

在飯店崩毀的前一刻，兄妹倆人牽起彼此的手，一同迎向嶄新的未來。

量子世界

從那之後已經過了一個禮拜。幸好當時利牧師有先叫救護車到綠園社區，不然欣琳可能會因失血過多而死。因為在振霆進入她的零點能量場後，怨靈便操縱身受刀傷的欣琳與利牧師展開激烈的戰鬥，綠園社區的民宅還因此毀了三棟。利牧師深怕欣琳的身體會負荷不了，便將怨靈封死在欣琳的能量場中，並把所有的希望都賭在振霆身上。事後證明，他的選擇是對的，振霆成功消滅怨靈，並讓欣琳奪回大腦的主控權。

之後，欣琳被送入醫院緊急治療，五個小時後醫生宣布手術成功，欣琳暫時沒有生命危險，但得住院一個月觀察傷勢。而在桐屋醫院的母親也一樣沒有大礙，但因斷臂的關係，日後可能需要配戴義肢，至於出差中的父親，一聽聞全家人都出事後立即推掉工作。在前來探望欣琳時，利牧師向他解釋一切的來龍去脈，不過內容對一般人來說實在太過驚世駭俗，振霆父親一時之間無法接受。直到振霆向他展示量子觀測的力量，說出他平時對自己的暴力行徑，其實是因為他小時候也是在這種教育環境下成長的，父親這才相信了。另外振霆還說，父親其實是深愛自己的，只不過他不曉得該如何表達自己的想法，加上振霆過去真的很不聽話，所以才會發生家庭決裂的狀況。

在與父親重修舊好後，父親便著手準備對欣琳的國小老師提出告訴。而警方也因周勝翼屋裡的虐殺密室曝了光，重啟了綠園社區連續失蹤事件的調查工作。那幾天，各大媒體頭條全都是戀童宅魔周勝翼的新聞！

接著，一個禮拜過去了，振霆在薇安的邀請下，參加了桐屋教會固定在每個星期日舉行的禮拜儀式。禮拜結束後，教會的人們轉到禮拜堂隔壁的交誼廳吃午餐，不過當振霆準備嘗試吃下茄子的時候，利牧師走過來說：「對未來有什麼規劃嗎？」

「有啊！我要努力用功念書，考上一流的高中和大學，然後再找到一份薪水優渥的工作。」

「書不用念了，你只要用量子觀測的能力，就可以直接在考場上透視其他考生的答案。」

「喂！身為牧師，你怎麼可以說這種話？」

「開玩笑的。」利牧師揉揉振霆的肩膀：「其實我現在想帶你去一個地方，跟我來吧！」

一小時後，振霆搭乘利牧師的車來到一座鐵皮工廠，這座工廠不會很大，沿著牆繞一圈大概只需三分鐘。

「先把這個戴起來吧！」利牧師拿出一枚銀色戒指。

「戴了會隱形嗎？」振霆開玩笑說。

「這枚戒指能夠發出干擾訊號，讓其他人無法觀測到你心中的訊息。」

「啊！原來是這樣！」振霆看向牧師的手，他食指上果然也戴著同樣的戒指。「難怪我都看不到你的絲線！」

「那你知道為什麼我要給你這枚戒指嗎？」

「不知道，難不成工廠裡也有量子觀測者？」

利牧師此時只是笑了笑，然後帶著振霆進入廠房的正門。

踏入裡頭，振霆很快發覺裡面的景觀跟自己想像的不太一樣，廠房內並沒有什麼大型機器，取而代之的是類似辦公室的小隔間。一眼望去大概有好幾十間，這些隔間並沒有門，所以看得到裡頭有人正努力打電腦或在講電話，其忙碌的狀況簡直跟一般公司內部沒什麼兩樣。

「利牧師，午安。」一位挑染金髮的大姊走了過來，不過振霆一見到她就雙腿發軟，因為她背後居然有好幾十本檔案夾懸空飄浮！

「午安，有吃飯了嗎？」利牧師問。

「還沒，我想等這些處理完再去吃。」

「現在不急啦！如果餓了可以先休息沒關係。」

「謝謝，不過我還是想先解決這些文件。」

「好吧！辛苦妳了。」

「不會。」

金髮大姊笑著離去後，振霆渾身顫抖地指著她說：「她……她背後那是怎麼回事啊？」

「那個沒什麼啦！你如果有受過訓練的話，也可以像她一樣厲害。」

「真的假的？」

利牧師沒有回應，繼續帶振霆步入隔間中央的走廊，當他們經過一間較大的隔間時，利牧師停了下來，對裡頭幾名青年說：「有什麼線索了嗎？」

振霆見那些青年圍著一塊白板，白板上則是貼滿陌生人的照片與數十條相互交錯的線條，整體看起來就像是偵探與警方常用的資訊統合網。

一名身穿紫色衣服的青年搖搖頭說：「我們已經找出所有與事件相關的人，但還是推測不出下一個目標是誰……」

「是嗎？看來只能先進行保護行動了，晚一點我會再來跟你們說任務的細節。」

「好的。」

離開那間較大的隔間後，振霆問利牧師說：「請問你們剛剛是在說什麼啊？還有在這裡工作的人，又都是在做什麼？」

「別急，我會帶你來這裡，就是要讓你深入我們的世界，但凡事都有先後之別，我們一件一件慢慢來吧！不然你很快就會陷入混亂。」

「喔……好吧！」其實振霆早已搞不清楚狀況，雖然前陣子才剛經歷過超常事態，但人外有人，天外有天，在如此浩瀚的宇宙中，驚奇的事情是永遠遇不完的。所以，就將以往的觀念放下，敞開心房接受一切吧！

與利牧師走到最底部後，振霆見眼前有一扇門。

「張以芳她就在裡面。」

「咦？你說那個大姊？」振霆現在才想起來，先前自己因一時衝動，用量子觀測的能力重創了她的內心。振霆低下頭向利牧師說：「對不起！我那時真不應該對她說那些話。」

「沒關係，反倒是我要感謝你，因為你讓我知道，當初我對她進行的『量子療程』不夠完善，我沒有將她心中的負面思緒連根拔除，所以她才會因為你幾句話就崩潰了。」

「是……是這樣嗎？所以她現在……」

利牧師將門打開，裡頭是間幽暗的房間，房間中央有張病床，身穿白色病服的張以芳躺在上頭，她的雙手與雙腳都被束帶綑在病床兩側的欄杆上。

「這是怎麼回事啊？」振霆驚問。

「我們是不得已的。」利牧師走到她身旁掀開袖子，秀出她那布滿數十道鮮紅傷痕的手腕說：「她只要一醒來就會開始自殘，所以我們只能暫時束縛她的行動能力。」

「但應該還有其他辦法吧？像是你剛說的量子療程之類的啊！」

「我先解釋一下何謂量子療程，其實量子療程跟意識干涉很接近，一樣是透過外在意識侵入對方的能量場，並想辦法將對方心中的負面思緒清除乾淨，不過這個療程有個麻煩之處，那就是治療師不能重複。因為這種做法等同強制改變對方的思想，大腦對外在的意識干涉是有很高的警覺性的，所以如果我再進去她的能量場，很快就會被她的大腦給反彈出來。」

「所以你的意思是你沒辦法再治療她嘍？那其他人呢？在這裡工作的人應該都是量子觀測者吧？」

「其他人也不行，因為這次張以芳內心的缺口是你開啟的。」

「咦？」

「你知道她幫你的理由，是因為你讓她想起她以前當社工時，曾幫助過的案主吧？」

「嗯，我還記得她的名字叫鐘欣惠。」

「她現在的潛意識已經將你與鐘欣惠的影子重疊了，所以只有你能夠穿過她大腦建立的防護網進入她的能量場。」

「原來如此，我瞭解了。」振霆走向病床說：「反正我本來就欠她一個道歉……你說只要消除她的負面思緒就可以了吧？」

「是的，就照你當時讓你妹妹奪回主控權的方式做就行了。」

「好。」振霆捲起袖子，伸手拉拉筋後，用堅毅的口吻說：「那就開始吧！量子療程！」

於是，利牧師拿出十字架敲了振霆的腦袋……

（完）

閱讀，能開闊心靈另一片天空。

讀品首選

一切從管理開始：頂尖管理大師的成功祕密

松下幸之助說：「無論哪一個層次的管理者，都要不斷地向部屬、員工提出自己的要求，這才是負責的態度，也才能夠突破經營的瓶頸，成為成功的管理者。」

作為管理者，千萬請你記住：產量不是唯一的，只有價值、利潤才是真實的、實際的。

員工是天，老闆是地：聰明領導者該知道的事

管理者必須考慮如何使員工與企業共同成長，如何幫助他們規劃人生的道路，發揮他們的才幹，開發每個人的潛能，使他們明確人生的目標和意義，引導他們去創造輝煌，實現人生的價值。

當每個人的成長與公司命運緊緊相連時；當每個人都可以從公司的事業發展進程中創造自己亮麗的一生時，這個團隊將堅不可摧！

“悅”讀，是遨遊世界的另一種方式。

閱讀，能開闊心靈另一片天空。

讀品首選

百鬼夜行－魅惑

你的靈魂將得不到安息，會永遠存在這個痛苦的時空之中……

日本妖怪有好也有壞，祂們最終又會發生什麼樣的事情呢？

收錄十個日本妖怪發生在現代的故事！

十個讓你膽顫心跳加速的精采故事！

百鬼夜行—怨剎

收錄八篇改編自經典怪談中的妖怪故事：

半夜頭顱會與自身分離的少年，以金錢誘惑人們殺戮的金靈，與連環殺手展開對決的百眼少女，奔跑時速突破一百公里的噴射婆婆，每一小時就會使東京面臨一場災難的八岐大蛇……

各大耳熟能詳的妖怪，在現代的日本中重現祂們驚世駭人的面貌。

▶ 絕禁噬殺　　（讀品讀者回函卡）

■ 謝謝您購買本書，請詳細填寫本卡各欄後寄回，我們每月將抽選一百名回函讀者寄出精美禮物，並享有生日當月購書優惠！
想知道更多更即時的消息，請搜尋"永續圖書粉絲團"

■ 您也可以使用傳真或是掃描圖檔寄回公司信箱，謝謝。
傳真電話：（02）8647-3660　　信箱：yungjiuh@ms45.hinet.net

◆ 姓名：　　　　□男　□女　　□單身　□已婚

◆ 生日：　　　　□非會員　　□已是會員

◆ E-Mail：　　　　電話：（　）

◆ 地址：

◆ 學歷：□高中及以下　□專科或大學　□研究所以上　□其他

◆ 職業：□學生　□資訊　□製造　□行銷　□服務　□金融
□傳播　□公教　□軍警　□自由　□家管　□其他

◆ 閱讀嗜好：□兩性　□心理　□勵志　□傳記　□文學　□健康
□財經　□企管　□行銷　□休閒　□小說　□其他

◆ 您平均一年購書：□ 5本以下　□ 6～10本　□ 11～20本
□ 21～30本以下　□ 30本以上

◆ 購買此書的金額：

◆ 購自：　　　　市(縣)
□連鎖書店　□一般書局　□量販店　□超商　□書展
□郵購　□網路訂購　□其他

◆ 您購買此書的原因：□書名　□作者　□內容　□封面
□版面設計　□其他

◆ 建議改進：□內容　□封面　□版面設計　□其他
您的建議：

剪下後傳真、掃描或寄回至「22103新北市汐止區大同路三段194號9樓之1讀品文化收」

廣 告 回 信
基隆郵局登記證
基隆廣字第 55 號

221-03

新北市汐止區大同路三段 194 號 9 樓之 1

讀品文化事業有限公司　收

電話/(02)8647-3663　傳真/(02)8647-3660
劃撥帳號/18669219　永續圖書有限公司

請沿此虛線對折免貼郵票或以傳真、掃描方式寄回本公司，謝謝！

讀好書品嘗人生的美味

絕禁噛殺